LOCUS

LOCUS

catch

catch your eyes；catch your heart；catch your mind‥‥‥

catch 147

再見的　地方 see you again

作者
李 鼎

攝影
郭 政彰

許 翔-1983

林 孟庭

責任編輯
繆 沛倫

美術設計
十七有限公司

法律顧問
全理法律事務所／董 安丹律師

出版者
大塊文化出版股份有限公司
台北市 105 南京東路四段 25 號 11 樓
讀者服務專線
0800-006689
TEL
(02) 87123898
FAX
(02) 87123897
郵撥帳號
18955675
戶名
大塊文化出版股份有限公司
e-mail
locus@locuspublishing.com
www.locuspublishing.com

總經銷
大和書報圖書股份有限公司
地址
台北縣五股工業區五工五路 2 號
TEL
(02) 89902588 (代表號)
FAX
(02) 22901658

初版一刷　2008 年 11 月
定價
新台幣 300 元

Printed in Taiwan

see you
again

再見的 地方

「愛的 發聲練習」電影二三事

李鼎 著

目録

徐熙媛  序

Sunshine的媽媽跟小貓說：「沒有人天生就會做媽媽，都是後來慢慢練習的。」

很多事，真的不是天生就會的，比如愛。

愛是天生的能力，但如何表達，就是靠練習；比如拍電影⋯⋯要練習的地方太多了！

小貓愛的人很多，她愛媽媽，而媽媽一再讓她失望，小貓卻永遠愛著她。

小貓愛阿良，阿良卻愛上了一個不確定能不能愛的阿杰。而小貓卻始終愛著阿良，只是用另一種方式面對。

小貓愛小古。小古也愛小貓。但他們的愛無法被成立。

小貓愛Sunshine嗎？小貓自己也不知道⋯⋯

小貓最愛的人，是小晴。這分愛是最無庸置疑的。

小貓要練習的愛好多好多，而我，要練習變成小貓。

拍「愛的發聲練習」對我來說，最困難的部分是年齡的轉換。

一天之內，同一場景，要轉換三個不同的年紀、面對三位不同的對手。

印象最深的是「風車沙灘」那個場景。

早上跟孝全在大暴風中親熱，當時是快三十歲風情萬種的小貓，下午變成十六歲天真單純被阿良告白的小貓。晚上喆瑩出現，日戲夜拍，小貓已跟阿良逃家，那天收工後我大概吃了一公斤的沙吧⋯⋯眼球、耳朵、牙縫⋯⋯全是沙！

拍戲要面對的狀況太多了！沙，是其中一部分⋯⋯

小貓跟小古的戲分，要在十五天之內完成，從台中到台北、從二十歲到三十歲，這部分也是個大挑戰⋯⋯

今天能出現這本書，代表我們這個階段的練習成果，請慢用。

彭于晏

你可以選擇看過電影再看這本書；也可以看完這本書再看電影。

因為對我而言，飾演阿良這個角色，是一次挑戰。

短短的 100 多分鐘，卻要一口氣與大 S 飆 10 年的戲。

迅速的時空交錯，我的角色要一變再變，就表演的部分，是個很特殊的經驗。

若是您看我的演出，有看到不一樣的我，讓你想起部分的你，那就是我最大的滿足了！

張孝全 　／　序

這本電影書，記載了許多拍攝時的一些現場的狀況。

或許，能夠讓大家對於這個故事以及裡面的角色，有更多的了解跟想像。

我本身認為最有趣的，是經由導演的角度來記錄觀察，讓我看到許多自己
沒有察覺到的狀態。

因為在拍攝的時候，自己是完全不知當下的自己是什麼樣子，所以，現在
看來格外有趣。

希望你們能夠藉由此書，更加貼近這部電影、角色……以及——我們。

東明相 /

「這部電影讓我知道──愛就是練習；『摔』也是要練習的。」

我演的是 Sunshine 的角色。

如同大家所知，電影是一個團隊合作的結果，一群人一起努力的結果。

有大S、有于晏、有孝全、有國毅……，還有太多幕後的大家，身為演員

的我，也是其中一分子。

我的人生練習還在持續。

戲外　真實摔倒。

戲裡　最後如何。

我都還在練習。

2008/5/3 4:03pm

你什麼時候學會說
「再見」這兩字？

開場白

我想我肯定是個討厭又奇怪的小孩，當我學會說爸爸、媽媽這兩句話之後，我接著學會的就是「再見」。

「跟媽媽說再見喔！」說完，我的媽媽出國念書。

「跟爸爸說再見喔！」說完，我的爸爸去部隊開飛機。

「那不能再見面，跟再次見面的簡寫都是『再見』，那『再見』到底是什麼意思？」要是你的兒子整天這樣問你，你會怎麼回答？

我的爸爸每次面對我的問題，總有很妙的答案，但這個問題他永遠是一個神祕的微笑。

2005年我將父親送向火葬場，他冰冷的身體進入火場的時候，身邊的長輩說：「絕對不能跟你爸說再見，要說爸爸快跑啊，火來了！快跑啊！」

我怕自己的難過壓抑了要喊出來的音量，簡直用吼的吼向我爸的身體。

「快跑啊！爸爸！爸爸！快跑啊！」

那天之後，我再也沒說過「再見」這兩個字，我都說：「出發了！」

「再見」好像是一種依戀，我不知道依戀是不是一種錯，或是阻礙成長的酵母，但我真的知道，我不能有停留於原地，是時候的時候，我就該出發。

可我為什麼，永遠忘不了爸爸回答不出我「再見」那些問題時，那抹神祕的微笑？

2008年的5月5日，我的第一部電影「愛的發聲練習」開鏡，我卻常常想不起他的微笑。

我即使閉上眼睛用力想，我都看不見他的樣子。

愛
徐立功

2006/4/30 10:21am

我猜，這回，他真的上天堂了吧！

因為我現在正吃好多苦，正在面對可能是黎明前最冷的黑暗，我知道我好想找個人靠、找個人問我那些稀奇古怪的問題、找個人擁抱我，讓我像孩子一樣的撫觸我……

我這個照顧大家的導演，在做我第一部電影的這刻，我希望自己像是一個被父親擁抱及讓父親照顧及回答一切的小孩。

我想再見到他。

我答應出版社寫我這部電影的拍攝過程，可我總在下筆的時候，思緒混亂，我突然被一個聲音喚醒——「拍電影不易，面對自己更難」。

文字總揮霍著我與這些人的感情，但能有多少誠實，我比電影中的人物還要膽小。

這刻，我卻又看到爸爸那抹微笑了！

為什麼，你知道嗎？

因為，人生真的不是要給你一個什麼答案，而是，是否能喚醒你，你自己要的是什麼？你所愛的又是什麼？

那時候，就可能是一抹微笑、一把眼淚、一根菸、一首歌、一場同一群人看過的電影……

我總想給自己一個什麼答案或誰的肯定才走下去，其實不該全是這樣的。

於是，我突然有了能力，寫出一篇篇這部電影的感動，一處再見的地方。

2008/5/5 5:08pm

愛的發聲練習

ON

3 4	5	2
SCENE	SHOT	TAKE

李鼎　　　　　　　　官億仁

CAMERAMAN

日　　　　　S.R:DOREMi

你會不會這樣？

有些地方，你一輩子再也不想回去？

有些人，再也不想遇到？

有些電話從此就想Delete掉。

但，沒有辦法，對不對？

就好像有些事，你以為你早已忘記，沒想到，卻影響你一輩子⋯⋯

Does this happen to you?

You have a certain place

that you never want to go back to

or a person you never want to see again

or a phone number you want to delete

but you just can't do it?

You know what I mean?

It's like certain things

you thought you'd long forgotten.

And then they end up

affecting your entire life.　　　　　　　　　　　　　2008/5/8 5:02pm

2008年6月11日，這是我們的電影「愛的發聲練習」遺失拍攝母帶的第
十天。

明天電影就要殺青了！我們在今天確認，重拍在三峽老街，大S飾演的女
主角小貓，被繼父痛打及洗澡被偷窺的畫面。

整個劇組從前一晚就面對重拍每一個畫面，是否還能精彩重現的壓力。

而我知道，這部電影不但已經面臨超支，並且超長。

明天是我這部電影的最後一天拍攝期，大S更是在後天一早要飛往上海工
作，24小時後，我們這共患難的劇組，要一起這樣再見面，難上加難。

我無法想像24小時後的空虛，我知道要趕快面臨電影超長的命運，先讓
大S錄一段話，這段話要用在電影的一開始，這段話可能要表達這部電影
在二小時的長度中，有一個畫龍點睛的作用。

但三峽老街的太陽實在太大，片廠的老房子，透出陳年木頭的幽香與怪異
冰涼的溼氣，我突然又產生一股暈眩，我想不起這部電影自5月5日開拍
的一切，卻不斷的在我腦海裡面浮現我這出生起這三十八年的一切感情。

我以為這部電影不是我的故事，沒想到我卻在所有角色上，偷渡了我過往
的一切，甚至幾乎快為當年失去的一切找到答案。

但我為什麼還有一種不能面對那就是真相的勇氣。

我們都好膽小，在一切都快要結束前。

但一個人的一生會走成什麼樣的下場，似乎就在每一次的膽小來臨前，他
如何的面對。

我呢？

我現在如何面對呢？

2008/5/6 6:25pm

三峽的太陽更烈了，工作人員在我眼前進進出出，一顆顆的燈光也逐一調
整架設到當初的位置。我必須儘快的寫下大Ｓ在這部電影的開場白，而我
還在想，等下這個地方，就是我要說再見的地方，我可能三個月或半年都
不想再回來，不只是因為怕人去樓空的孤單，更怕回來後的禮貌與應對。
當這個念頭突然想起，我快速的寫下一句話在我的劇本上，接著就像流水
一般的清澈與快速寫完了這部電影的開場：

「你會不會這樣？

有些地方，你一輩子再也不想回去？

有些人，再也不想遇到？

有些電話從此就想Delete掉。

但，沒有辦法，對不對？

就好像有些事，你以為你早已忘記，沒想到，卻影響你一輩子……」

我大聲的請副導請大Ｓ過來我身邊，她看完之後，很冷靜的表情。

我說：「來吧！這部電影就從這裡開始，你很棒，你可能讓大家會因為你
演的一切，願意面對自己。」

我認真的看了一眼大Ｓ，因為明天之後，我們不知道何時再見。

現場安靜，她只錄了一次。我覺得，一次OK。

小貓

徐可雲 18到28歲

角色

「什麼是愛？」是她人生中最大的疑問。
這個疑問也讓小貓有了自己的價值。

她用這個問題去衡量她與母親、同母異父的妹妹以及繼

父……，因為對於愛的思考，小貓成了離家少女。

這個問題放在阿良身上，讓她逃家、讓她自力更生、懷疑

永遠、恐懼寂寞、讓她自殺……

放在小古身上，讓她有了自信、卻也變成第三者……

放在Sunshine身上，讓她再也不能欺騙自己……

這些因為愛的思考與練習，讓她一步步受到傷害，卻也一

步步逼近真愛。

2008/5/10 5:36pm

「S要我問導演，
真的不覺得她的年紀
是問題嗎？」

角色

「什麼？妳再說一遍？」

我正走在敦化南路跟忠孝東路的交叉口接這通電話，剛剛這句問話，讓我趕快鑽到一條安靜的防火巷。我不能確定，這真的是大S的經理人打電話來，還是愛開玩笑的媒體朋友打來套話。

「對不起！因為S真的想確認一下，導演不會覺得她演18歲的女孩……」

我幾乎蹲了下來遮住自己另一隻耳朵，才聽得見自己的心跳跟這個問題。

這真的是一個好問題不是嗎？

2008年1月，我拿到許葦晴寫的電影劇本，劇本中的女主角「小貓」，也就是許葦晴本人。

我一直在想，到底誰可以演這個很容易被人誤解的女孩。

這個女孩從出生就可以最有權利鄙視這世上一切以「愛」之名的行為。

如果有愛？為何小貓從被懷胎就想被親生母親用仰臥起坐流掉？

如果有愛？為何生下她之後，連她的外婆及親戚都不願養她？

她是另一群人不自由的拖累者，而這個小貓，卻一直相信，會有一個幸福，會有一場讓她至死不渝的愛情……

而她卻用了幾個你認為最激烈的行為──逃家、援交、未婚生子、自殺、自組家庭……

2009/5/10, 1:17pm

但或許你不知道，她一直就念的是明星學校，並且也是成績優良的高材生，現在的她還是某知名遊戲公司的創意總監。

誰來演這個小貓？

眼前的許葦晴嬌小、有著微笑的虎牙、天真及對世界仍有好奇。我好難想像這就是她的故事。

大S真的跟許葦晴一點都不像。

她美如公主，雪白整齊的牙齒，甚至帶著某種距離的美。

這世上若真有配不配的邏輯，很少人能配得上現在的大S。

但現在大S的經理人卻顧慮，我懷疑大S是否適合？

甚至，她還知道大S並非我的第一人選，因為另一位一線女明星，也拿了這個劇本的邀請。

我蹲在忠孝東路裡的防火小巷，一家家燒烤餐廳的香味，燻得我一身暈及尷尬。

「謝謝妳給我這個提醒。但我真的想，找一個演員來演這部電影。我相信妳的這句話，讓我知道大S會是一個演員，因為她知道她自己的問題。」

電話一掛，我覺得自己真的是個傻瓜。

我在裝什麼導演的姿態？

我的回答，讓她的經理人小陳只有一句很低頻的聲音說：「喔！我知道

了！那……」結果也「那」不出來什麼，就謝謝再見了！

天知道我多喜歡大S！

1996年我就喜歡這女孩的天真及真實，若說進這行我最想認識誰？訪問

誰？我那年一定會說大S。

可怕的是，這已經是十二年前的事了！

大S真的在這行，至少十二年了！

風風雨雨的演藝圈這十二年，紅了多少人？又有多少人到現在還被記得？

一個月後，經理人小陳又打電話來。

「S要我問導演，真的不覺得她的年紀是問題嗎？」經理人小陳又問了一遍。

我想她到底是要聽到我說：「絕對不是個問題！」還是「這角色非她莫屬！」

我真白癡，我居然還是沒說。

我仍像是一個導演的正式口吻，說出了建議。

讓我們三人碰面。給彼此一個碰面的機會。

「彼此碰了面，彼此都覺得舒服，再看看是否合作！」

2008/5/11 3:08pm　我居然還給了她們拒絕我的機會？

2008/5/10. 2:56pm

可我心裡也想知道，一個女孩的外貌，十二年可以變多少？

見面的那天，大S居然做了一件讓我意外的事，她脂粉未施、淡雅靦覥、禮貌與溫柔。

她看清楚了每一場戲，仔細的問了每一個情感的出處，她說自己不會騎摩托車、不會彈吉他……但她願意學，我也認真的回答，仔細的看著她素淨且認真的臉。

她真的好喜歡發問！

她的每一個問題，都會讓為她解答的人感到自己是萬能的、是有用的，甚至可以為她赴湯蹈火的。

我們仍沒在那次碰面決定彼此的合作。但我知道，若我要用徐熙媛為女主角，這部電影會有很大的變化，我或許會因為她某種因記憶而釋放出的表演，找到這劇本真實人生中，許韋晴自己當年未解的答案。以及，誰跟大S配對演出，將會是大S演技成敗與否的關鍵。若與她搭檔的情侶外型及表演方式不搭，這將會是一場浪費。

我在離去後重新思考我的配對名單，大S卻再也沒在約定的時間內跟我連絡。

就在我萌生放棄的那刻，大S的經理人給了我電話，她說：「導演，我們什麼時候開始排戲？」

我們第一次排戲那天，大S告訴我她參與演出的關鍵，是因為我說這裡面所有角色都不是壞人，這裡面一切都是為了愛……

2008/6/7 8:59am

Do.

阿良 18到28歲

這是最低的一個聲音，好像大聲不了，卻又震盪著全身要開始的祕密

他相信愛一個人就是要一直一直付出。

他總想讓周圍的人都感受到他的溫暖，他試著做，但他不知道底限。

他就是愛情的第一個音符。

2008/5/11 3:20pm

「阿良到底是
喜歡男生還是女生？」

我不知道這居然是彭于晏最想跟我說的第一句話。

然後，他居然又問了我一次。我這才從他臉上發現，是因為我完全已經露
出一個不解的表情。

接著是現場一陣尷尬。

在場的還有大S、東明相跟這三人的經理人。

然後從彭于晏的表情中，大家又懷疑導演是否有點不高興了（但其實我
沒有，只是彭于晏這孩子，總有一種特別敏感的觀察力及準確的情緒表
情），大家又轉向我，我居然還是沒回答我希望他演的阿良，到底是喜歡
男生還是女生。

大S更是尷尬，好像想幫彭于晏解圍，但大家真的都不太熟，卻也真的想
知道這劇本中的「阿良」到底是一個什麼樣的人。

「愛的發聲練習」對我來說，最大的魅力是充滿一種當代的「不確定」。
你會為每一場愛感動，但你會不太明白，為何這些人明明愛了，卻不能給
彼此信任？

偏偏它又是真人真事改編，每個角色都真有其事，甚至就在你身邊，而女
主角小貓，現在都幸福的跟了想愛的人在一起。

你會一直問自己什麼是愛嗎？

若我跟小貓一樣，或我像演員一樣，甚至就因為現在就導了這部片，一直要找這些角色愛的答案，我能否如小貓一般，有了最終的幸福？

我沒敢把這些告訴演員，但對我來說，阿良是真正陪小貓到底的人。

「我真的很想確定！」彭于晏的語氣轉成委屈的男孩樣。

我突然產生一種小狗玩蟑螂的遊戲念頭。

我此刻轉向大S，問她：「妳能幫我翻譯一下他的問題嗎？」

「導演，Eddie的意思是他跟阿杰演的那場床戲，到時候他演的是『真的與男生相愛而發生關係』，還是只是為了『報復』小貓？」

大S的「翻譯」果然直接誠懇。

「是這個意思嗎？」我問彭于晏。

「是這個意思。」彭于晏的眼睛像牛鈴一樣大的跟著頭，上下點了一下。

然後我笑了。

所有人接著大笑。

為了阿良這個角色，我們徵選過非常多的演員，阿良必須擁有清純的外表，但又要有突擊女生心房的行動感，有爽朗及憂鬱的混合，以及能與大S一起從18歲演到28歲而不吃力。

最重要的，還是很多經理人在意的，是這個阿良最後在電影裡，並不是跟小貓在一起的最終男主角，甚至還有兩場男孩與男孩親熱的感情戲……

我們都很期待這個不確定又多層次的阿良最後會是誰演。

「他到底有沒有愛過小貓？」彭于晏更在乎這個答案了！

「這裡面每一個男的、小貓的家人，在我認為，都愛過小貓，都是因為真的有愛，才在一起的。」我跟彭于晏說完之後，看向大S，她非常專注，並對這句話有著一種深度的認同。

2008/5/6 2:11pm

我一回頭再看彭于晏，才更發現他眼神流轉的速度更快，他不只觀察我的反應，更觀察大S及在座每一人的反應。除此之外，他甚至能立刻給跟他對眼的人，一個無須言語的表情。

「所以他到底愛誰？」

「這就是我要問你的。」

彭于晏已經有了我想要阿良的行動感。但我還想多看看這男孩更多的反應。

「你可以決定，阿良是兩個都愛，還是他一直在練習什麼是愛。」

彭于晏正想回答，但我又阻止他。

「甚至是兩個都不愛，只愛他自己？」

彭于晏的表情又被我弄得更困惑。

「你的決定會讓你的表演的難度增加或減少，我想知道你現在的判斷。」

「導演，你不要給他那麼大的壓力啦！」大S代表大家發出對彭于晏的心疼。可這次彭于晏已經非常專心的在思考他與阿良之間的問題。他在醞釀一個很棒的答案，而我也知道，一個全世界最適合演阿良的人要出現了。

我沒理大S的回應，繼續跟彭于晏說：
「阿良擁有一個完全開朗的外表，因為他已經是全世界都沒有人要養的單
親小孩，爸爸媽媽都用金錢滿足他的生活，所以他跟小貓一樣，擁有全世
界最會討好人的角色，只有這樣，他們才不會讓別人跟自己知道，他們是
一出生就被打敗的人，所以阿良跟小貓一樣難演，他們看得懂別人的臉
色，也知道自己該要有的表情。這部片哭笑容易，又哭又笑最難。」
彭于晏似乎已經醞釀好他的回應了。
我們大家都在等。
大S也看著他。

2008/5/6 3:38pm

「因為，我覺得，我就是阿良。」一說完，我們更安靜。

我看了一下彭于晏的經理人慶裕，我不知道這句話是否就表示了承諾，但慶裕卻迴避了我的眼神。

「我跟阿良的背景一樣，阿良很複雜，很多不確定，我只想知道導演是希望表現得很直接還是……」

「我希望你挑難的演。」

彭于晏非常高興的點頭，他非常想接受挑戰。

「那你覺得他愛誰？」這下我反問了彭于晏。大S跟著緊張起來，想聽彭于晏的答案。

「我覺得，就像阿良在電影中說的，愛一個人，就是一直付出，一直付出才對，他的一切行為，都可能就是一直在實踐他這些話。」

我第一次發現彭于晏有一種憂鬱，而且是在笑容收起來之後就會有的憂鬱。其實導演該給演員一個確定的方向，讓這個演員去衝去拚命。但我知道，阿良這個角色不能這麼做。詮釋這個角色像在玩火，火燒得好，溫暖且美，燒得不好，會兩敗俱傷。

我心中仍在盤算，彭于晏是否適合這個在情感及性向上不穩定，卻依然純真的阿良。就在此刻，就在我們彼此告別送彼此上車的時候，彭于晏突然對著大S說：「小貓，我走囉！路上小心喔！」

大S嚇了一跳，我也是。

接著大S就說了一句：「阿良，拜拜！」

我發現，他們倆的身體及笑容，居然真的有了18歲的感覺。

那是什麼感覺你知道嗎？

18歲就是對某些我們現在看起來不以為然的事，在那時，都以為，那就代表了一切！

2008/5/11 1:38pm

2008/5/16 2:23am

Re.

小古 34到39歲

這個聲音有一種特別的嘴型，
像是發出一種不敢綻放的微笑，甚至，要立刻收掉！
Re也是小古。這一切才剛剛綻放，就要……

「什麼是愛？」

小貓十九歲時，在網路上發出這個訊息。
上千封的回應，下面這個回應，居然改變了她的一生。

「快了！要不就永遠不會！」

在網路上說這句話的人叫做小古，他是一個高階雅痞，開
著SAAB的跑車、全身的亞曼尼、體格健美，卻有一雙修
長的手，能把奇異果皮削得漂亮……
他在小貓的身體上，找到了自己能像個男孩一樣的快樂，
也跟她在靈魂與金錢上有著無與倫比的輝映。

什麼是最殘忍的拒絕方式？ / 角色

就是當著你的面，一句話都不跟你說。

這個場面居然出現在我跟張孝全第一次碰面。

好不容易，見面一小時後，他跟我說，他認為他沒辦法接受「小古」這個
角色。一個原因是──大他十歲。另一個原因是那樣即用即丟的愛情觀。

他特別想演現在電影中彭于晏飾演的阿良──憨傻、對於愛可能不確定，
卻願意一直一直付出，他覺得自己跟阿良最像。

一說完，我高興極了！

我清楚的知道，這個演員看完了劇本，並可能透露了自己的愛情。

眼前的張孝全真的像一個小孩，他的禮貌有小孩的恐懼，他想要什麼東西
的時候，卻又有小孩的淘氣，但他的身體早已成為一個性感的成熟男子。

衝浪的太陽，在他鼻樑上留下痕跡，拉低的帽簷幾乎快打到自己強壯的手
臂，卻時而咬著自己的指甲。

矛盾的身體裡面，有著小孩的善良，感覺他很想演出一部全心全意的戀
愛，但他現在一直都沒有機會。

2008/5/8 22:??m

2008/5/12 11:28pm

小古是什麼樣的人呢？

許葦晴卻說，小古本人跟我很像。

我笑說她罵我，因為小古是大家公認的騙子。

許葦晴說他不是。

我也認為不是。

不管我跟小古相似度或認同度有多高，我的下場現在跟小古差不多——就是單身一人。

有更多人建議我選用體格健美的男演員，好符合劇中一場場情慾的場面，那些人我發現各自都有著特殊的陽剛，而眼前的張孝全，想演一個單純愛戀的張孝全，卻完全讓我覺得像極了小古在戀愛時獨有的孩子氣。

「為什麼一個34歲的男人，在戀愛的時候不能像24歲的男孩呢？」

我問完張孝全，他又是一陣安靜，接著說想走了！

他說他要重新再看一次劇本。

這男孩開始認真的樣子，有時有點好笑與可愛，甚至我發現還有點窩囊。

那種窩囊，很像以前看到「養子不教誰之過」的詹姆士狄恩。

我們七天之後重逢，他答應了這部電影的演出。

他說：「你認為我能演，我就該能演。」

2008/5/15 4:22pm

Mi.

Sunshine 28到29歲

每一個人唱到這個聲音的嘴型都像是在微笑，
Mi根本就是Sunshine，
你就算踹他，他還是跟你微笑。

小貓後來當眾發誓……
「從今天起，誰想再和我戀愛，我就踹死他。」
「踹死我吧。」Sunshine這麼說。

這個不怕死的傢伙，是小貓廣告公司的AD、是個會說話的聽障。

在愛情裡面，有沒有所謂的「殘而不廢」？
他什麼拉哩拉雜的煩惱混亂都聽不見，他說他來了，
是因為清楚聽到小貓心底的求救訊號。
小貓說，你一點都不認識我。
Sunshine用一句「那有什麼難的？」做了回答，並且是行動上的。
他用盡方法要知道小貓的所有，甚至死都不怕……

「你被人做過
最殘忍的虐待是什麼？」 ／ 角色

我問著東明相。因為我們正在想要用什麼方式來讓小貓虐待 Sunshine？

大S總是怕自己說的話東明相聽不到，每次都把自己的臉跟東明相面對面。

「你・不・要・回・答・也沒關係喔！」

「不用啦！我還可以聽得到，妳不用講得那麼慢！」

我因為已經請明相演過一齣短片叫做「紙本的浪漫」，發現他其實是一個非常搞笑的大男孩。所以早就沒把他聽障的部分，當成是我們溝通上的困擾。他的哥哥還跟我同一天出生，我們一直有些兄弟上的默契，所以我們倆都很直接。

但大S的加入，總提醒我是否忽略了什麼！

2008/5/21 3:20am

2008/6/2 2:19pm

「這個虐待應該是我最不會忘記的，但我現在也不會把它當作是虐待。」

我不知道你是否去咖啡店打過工？

優雅氣氛的咖啡館，所選的服務生也是偏向氣質或是優雅類型。

東明相的安靜，當然成為了咖啡館的一員。

這個「虐待」就發生在氣質優美的咖啡館中。

一直在外場安靜送咖啡的東明相，被安排了一個簡單的任務，就是改在櫃台，呼喊客人的號碼牌。

但聽東明相的口音，實在吃力。搭配著咖啡館的優雅音樂，那一聲聲的呼喊，可能造成客人的錯愕，甚至他最不願意接受到的同情。而明相把聲音咬字咬清楚些後，又有不以為意的客人，嫌他的音量不大。

明相就這樣離開了人事必須精簡的咖啡館。

當然，口齒也進步了更多。

我們不想在電影裡販賣明相式的同情，想看到一個緊追不捨的Sunshine。

明相一直要我們對他來真的，不管是罵、是打，都希望來真的。

其實兩個月前，明相就跟我說，他看了劇本很難過，他覺得真愛真的好難。

我很擔心他入戲太深，而我真想拍出一種荒謬或荒唐，可是關於真正的聲音，誰才真正聽得到？

明天早上十點半 　／　PLACE 台北

「愛的發聲練習」即將展開它第一場亞洲區開鏡記者會。

現在是倒數83小時，公司要我交出「一篇概念」。

我又用要買一杯星巴克的理由，帶著Ocean離開公司買咖啡。

民生社區的街道與公園讓我跟Ocean有著某種優雅，今天夕陽的天空並
不黃，走在街上的人們，已經有下班及剛要上班的混搭。

我看著他們映在落地窗身影的這刻，回憶起我小時候在民生社區放學的樣
子與空氣的味道。我心裡很清楚，自己為何要將公司搬來這裡，是因為我
的童年有三年是在民生社區長大。我喜歡跟外婆在這條街上散步，我知道
自己要在一個安全的環境下，完成我未來的事業。所以我選擇回我都市的
故鄉──民生社區。

二十幾年來，民生社區變得真多，而我當年住的房子，居然連鐵窗都沒變。

我甚至猜想，這街上會有20年前跟我一起長大的小孩嗎？

他們現在都變成什麼樣了？

我看著來往的人，這些人應該都有一個他們的故事與孤單或者幸福。我看
著Ocean在一旁坐下，我也跟著坐下。

接著，我就寫下了以下的文字，在我星巴克的餐巾紙上。

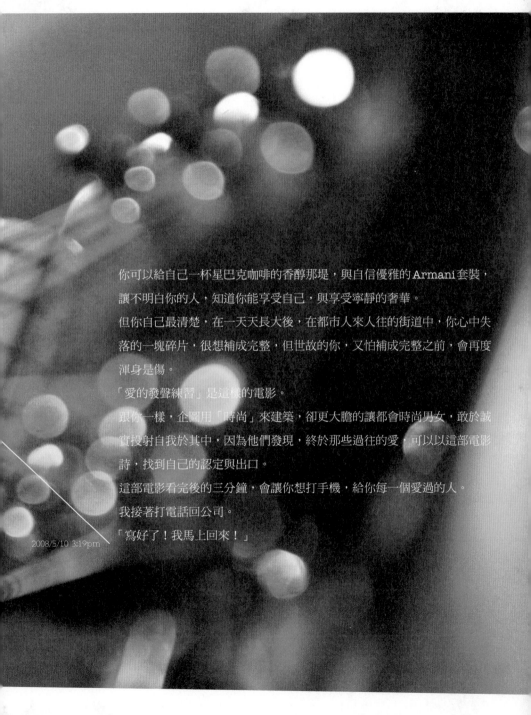

你可以給自己一杯星巴克咖啡的香醇那堤，與自信優雅的 Armani 套裝，

讓不明白你的人，知道你能享受自己，與享受寧靜的奢華。

但你自己最清楚，在一天天長大後，在都市人來人往的街道中，你心中失

落的一塊碎片，很想補成完整，但世故的你，又怕補成完整之前，會再度

渾身是傷。

「愛的發聲練習」是這樣的電影。

跟你一樣，企圖用「時尚」來建築，卻更大膽的讓都會時尚男女，敢於誠

實投射自我於其中，因為他們發現，終於那些過往的愛，可以以這部電影

詩，找到自己的認定與出口。

這部電影看完後的三分鐘，會讓你想打手機，給你每一個愛過的人。

我接著打電話回公司。

「寫好了！我馬上回來！」

2008/5/10 3:19pm

我現在
在台中的飯店醒來 ／ PLACE 台中

像過去我在任何城市醒來一樣，我給自己一杯溫熱的檸檬水，讓自己的身體比靈魂先醒過來。但唯一不同的是，這次在這個陌生的城市與旅館，沒有異地會有的習慣性失眠，也沒有因為工作會不適應新床的任何痠痛，卻有很多的感謝。

因為昨天是我這十年來每年最害怕的一天，這天是５月５日。

「愛的發聲練習」因為前置作業的準備問題，居然仍延期至５月５日開拍。

我從十年前開始，擔心過生日，因為每一年的這一天，我都會遭遇一個很大的打擊。

五年前的５月５日，非常戲劇化。

當時我正拍一部連續劇，我打電話給劇組每個人，卻沒半個人接。

原來，全劇組的人，都聚在一起，聽製作人下一個命令，這個命令就是——換掉李鼎，換掉這個導演。

原因很多，也跟很多劇組一樣，換一個人就像這世界誰都沒有不被誰取代的邏輯一樣，只要事後想想，都會想得開，甚至你也會有天對誰這麼做。

但難忘的卻是，這些人要聯合起來，在你出生的這天，換掉你。

我的生日像是被詛咒一樣，要我的浪漫與熱情，有被當街擊倒的震撼。

五年後的現在，我人生的第一部電影，居然又要在５月５日開鏡了！

我一直避，都避不掉。

我該恐懼嗎？

2008/5/5 2:57pm　　台中的好天氣，讓我在５月４日抵達台中時，全組都有了好心情。

2008/5/5 10:42am

拍片的劇組，是看天吃飯的，一群人每天天亮睜開眼，吃喝拉撒睡都是開銷，天氣的好壞與否，影響了預算的行使及拍片的精緻度。

我在5月4日的PM10點準備關掉我的手機，用一種冷靜迎接明天。

就在關機的這刻，接到我的女主角大S的電話。

這個女孩，有一種很特別的冷靜，以及自知之明。

那種智慧，若放在一個年輕的身體上，是會讓人覺得有距離，而現在的她，正好入行15年，可以因為這個智慧，讓她更穩的面對這飄搖的一切。

我無法詳述這個女孩在電話中跟我講的一切，但我知道我獲得了一種力量。

是相信。

是相信我的生日不是魔咒。

是相信只要我們願意一起拚，到哪裡，都是天堂。

她給了你可以為所有人負責的激勵。

可笑的是，2008年5月5日，台中一下起了傾盆大雨。白天比黑夜還冷，雷聲轟隆，見證了我倆的天真。雨水淋濕了所有人，因為所有人都想用自己的浪漫開拍，安慰導演的生日。甚至連開鏡大吉的紅紙，都被保護的沒有暈開，都被保護的像沒有眼淚沾溼的感覺。

可是事實是什麼？

事實就是——今天一個外景都沒辦法拍。

事實就是今天是，五月五號，你的38歲生日。

我看見每個人對我微笑，卻不讓我看到他們轉身的擔憂。

雨越下越大，所有人都到齊了！製片阿材跟我說：「導演，開鏡吧！但這雨一下子停不了了。」

我的攝影師官哥給了我一個勉強的微笑：「導演，我們拜，我們只要一跟老天拜，雨就會停，真的，我們現在就拜。」

2008/5/6 12:00am

2008/6/7 12:02pm

2008/5/5 3:02pm

官哥大我好幾歲，他說「我們拜」的那表情，卻格外的天真。他的助理小華也趕緊拿著香說：「導演，我們拜！」一群人像被官哥跟小華催眠了，大家都跟我說「拜！跟老天拜！」

我舉起了香。閉著眼，跟老天爺說話。

我說：「老天爺，我要感謝您。我要感謝，這就是老天爺您給我們的安排，我知道這一場雨，是要試煉及考驗我們，給我們更凝聚的心，以及讓我們每個人知道，我們有應變的方法與能力。我更要祈求您保佑我們的家人，他們的健康，他們因為我們的工作而一起感染到的喜樂，因為，這才會讓我們無後顧之憂，繼續前進！」

我們向四方膜拜後，我將攝影機，望向雨景。

「導演，您大聲喊一聲 Action！喊完就算完成了！」官哥拿著香沒敢看我的臉說著。

我面對著愈來愈大的雨聲，用全身的力量喊出：「Action！」

沒有人鼓掌，沒有人歡呼。

我接著讓官哥的攝影機望向了大 S。

我的下意識告訴我，我這攝影機的第一個畫面拍的就該是這個女孩，這個電影的靈魂。

她呢？

她頭髮已濕，那個智慧的表情，已經不在臉上，而在她身體裡。

我心中有了很大的感動。

十分鐘後，我被載到附近的土地公廟，我跪在廟前，幾乎十幾分鐘，沒人打擾我。

一小時後，雨停。

我們拍完了三場重頭戲，那三場戲正好在電影中，是一種——我真的會為你拚命的情節。

2008/5/10 3:28pm

2008/5/6 3:25pm

不到八小時的睡眠，
整個劇組在隔天早上十點半
殺回逢甲夜市。

PLACE 台中

第一天的開鏡讓我們拍到凌晨兩點，劇組所有資深的人都知道台中的拍攝
進度若在前三天就落後的話，勢必會嚴重超支。

我們悶在心裡不說，卻都用行動表示相挺。

我身兼導演及監製，導演組就等於同時掌握戲的濃度及資金的運用度。我
的副導深知我的壓力，開始主動協調很多事情。

今天最大的挑戰，是要利用白天，把大S十年來，在這逢甲夜市與彭于晏
居住的小屋外觀所有的日景戲拍完。造型組要挑戰大S十年內所有造型，
美術組要更換外觀所有陳設及所有道具。昨天的那場雨，今天出門的時候
還下了一些，大家拜拜完，很快的投入工作，氣氛也很凝重。我們用了一
種精密的時間換算，算好大S可以用多快的速度換完十年的衣服以及臉上
濃淡不一的彩妝。

但大S跟我的挑戰不止這些，因為現在拍的一切情緒，都影響將來回棚內
拍攝的詮釋。我們也已經用過不少次排戲的討論，知道今天有九場外景戲
非要全部拍完。

十五個小時內要拍完九場戲，平均一場只能有100分鐘的時間，這100
分鐘還包含換裝、換髮型、換機器鏡位⋯⋯

我常常覺得，這世界上沒有什麼好導演及壞導演之分，只有做對決定，跟
做錯決定的導演，以及數學跟時間掌握好不好的導演。

拍攝劇照的劇照組更是拚命，原本已經連攝影組都已經站在屋頂上拍攝，
劇照組為了捕捉一樣的畫面及客觀的角度，硬是出動了三個人及時分別爬
上更多家的屋頂拍攝。

「我們會永遠在一起！」

下午一點，一句大S從房門內衝出來的哭喊，白天完全沒什麼人潮的逢甲
夜市，突然因為有一個人發現了大S，人潮就像傳染病一樣蔓延開來。

2008/5/6 2:55pm

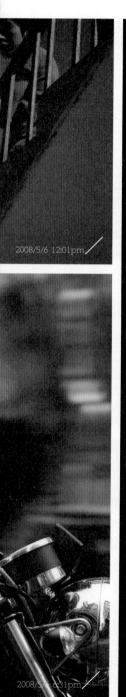

2008/5/6 12:01pm

2008/5/6 6:31pm

2008/5/6 12:39pm

2008/5/6 3:26pm

「導演，下雨了！」人潮一出現，天空跟著飄起細雨。明明要拍的是酷熱夏天，卻下起了小雨。

大S躲在一角看剛剛拍攝的畫面，她從第一天第一個鏡頭起，就非要看完她剛剛拍的一切，才能給自己一個安心。

沒人能知道雨會下多久，但人潮居然都有傘可以撐。

剛剛大S衝出來的畫面，泣不成聲的表情，配上發抖的身體，我仍想再捕一個特寫。

雨水攝影機還拍不到，但大家已經開始淋雨，演員完全配合，沒有半個人掉以輕心。

「換鏡位！」只要副導用肯定的聲音喊出，所有的對講機就會重複一次到各單位，各單位便立刻開始下一個精密算計過的拍攝方法，開始準備。

「導演，這人潮跟雨怎麼辦？」

「避吧！能避多少就多少！」

但能避多少呢？下一個畫面我知道是彭于晏騎著復古偉士牌離開這一切，需要一個鏡頭跟蹤他的離去，以及一個深情的回眸。這個畫面只剩下幾分鐘來拍了，而偉士牌的輪子很小，我本能的擔心這摩托車會在雨裡打滑。

「而且剛拍不出下雨，我們要等雨停？還是……」

「導演，雨停了！」

我聽到這三個字真想下跪，雨真的停了！不但如此，我的地面因為雨而閃亮，原本還想花錢請水車灑水，現在地濕的程度剛剛好。

「請彭于晏，請美術組準備摩托車！所有人員三分鐘後就定位！拍16場A！」

我們像打仗一樣的聲音，更吸引了群眾的興趣。

製片組出動了所有人力跟每個人拜託，拜託大家讓一讓以及閃避鏡頭。

就當我們一喊「ACTION！」的時候，摩托車拋錨了！

2008/5/6 6:41pm

相關的人立刻衝下去關心摩托車，人群紛紛討論，直說怎麼辦？拍不完了？大S在哪裡？每個人彷彿替我們說出心中的恐懼。

我唯一能做的，就是冷靜。

我請劇組通知等下東明相要騎的摩托車，先做檢查及先讓東明相試騎。

我嘗試用分散注意力的方式，讓整個劇組的緊張找到出口。

果然三分鐘一過，一切再度上軌道。

時間之內，我們拍完彭于晏高中時期的離去。

接下來張孝全也到場了！這部片所有男主角在這一刻全部出現，分別要把這個場景十年的一切拍完。

我突然發現一個幽默，這場景裡面演的戲居然都是分離。

每一種年齡在同一個人身上，分離的方式還都不一樣。

我突然問自己，你會再回去你跟那個人說再見的地方嗎？

那些椎心刺骨的痛，舊場景的人去樓空，你有勇氣去做幾次的回顧？

若是我每一場戀愛的分離，都在自己家的樓下，我會不會在夜深人靜，一個人在這個家獨處的時候，發慌及無助。

傷心難過用數學算，算得出來答案嗎？

這一輩子愛過的人像現在這樣，突然出現在你家樓下，你會做何感想？

十年後的大S換完妝出現在我面前，她要跟張孝全做最後一次的告別，然後跑走。

躲在牆角跟蹤的東明相將展開對張孝全致命的追逐。

SAAB跑車從台北運到了台中逢甲夜市，白色跑車的出現吸引了更多人潮。

警察接獲報案，指店家抗議我們妨礙了生意，製片組馬上派人下去賠罪。

大S就這麼在人群中奔跑，但可怕的是人潮全部不能掌控，明明是下午三點半，夜市已經有了夜半的人潮……

所有路人都在看鏡頭，大S一次次的跑，拚了命……

你猜熱情可以拚過幾天？ / PLACE 台中

2008/5/7 9:11pm

我通常出差到外地，第七天就是一個蜜月期要過的警訊。

我曾經一次因為拍片，一不小心在外地從一星期變成一個月。

第七天開始，我面對自己不能再忍受的髒衣物，不能再重複吃的餐館，身邊異地的朋友發現招待你、配合你的時間也是個拖累……你對外地的蜜月期就會過了！

所以「愛的發聲練習」拍到第幾天的時候，會過了我們所有人的蜜月期？我因為有這樣的自知，提醒著導演組的每個人。

我預估今天會有第一個蜜月期到期。

果然，今早八點二十分的通告，就因為梳化妝搞不清楚場地，演員與梳化妝組整整消失了兩小時。

方文琳及劉喆瑩與李國毅三個演員，也在今天第一天上戲，他們都擁有一部戲兩個月以上的拍攝經驗，所以很能調整蜜月期的期限，而過去只拍過廣告及平面的梳化妝組，已經有組員異動。

拍戲最怕等待，尤其是無端的等待，昨天一整天夜市的操練，幾乎用掉大家的集中力。

這時攝影師官哥跟我的默契卻開始展現，我們嘗試說笑話鼓勵大家，場務阿智還找了吸管剪出一隻隻螳螂送人。

這種狀況下，你敢拍電影最後一場戲嗎？

你不能做一個今天拍的東西，我們可能那天再來重拍的導演，你若深知今天的死馬要當活馬醫，你就得用你的方式來醫！

但劇組所有人的速度都變慢了！我們恰巧在醫院拍攝，一切只能動作更輕、更緩慢。

大S整臉的病容出現在我面前，我還真嚇了一跳。她已經等了一個多小時，但我們還沒開機。

「辛苦了！我想說，可能今天是蜜月期要過的第一天……」

「導演，你放心！」

媒體過去曾多次報導大S拍戲不支，我最擔心的不是她的體力，而是她的熱情。

我帶著她又回了化妝休息室，看著所有演員。

「今天可能會慢些，我開鏡這兩天把工作人員的體力都操翻了！我想保持他們的熱情，今天大家若等待時間長些，請多包涵。」

100部電影裡面，總會有90部電影都有醫院這個場景。「愛的發聲練習」88場當中有10場戲在醫院發生，其中一場是結尾。

我曾在醫院生活一年半，醫院的空氣從給我恐懼到給我安全感以及最後的遺憾，現在這一刻好似重來一遍。

我很熟悉這裡的一切該用什麼鏡位來看每個感情，所以，即便整個劇組的節奏放慢，我都不怕。

但拍到晚上八點的時候，我終於有了第一次緊張。

2008/5/7 10:25pm

2008/5/8 12:50am

「大 S 的臉已經哭腫了！」 / PLACE 台中

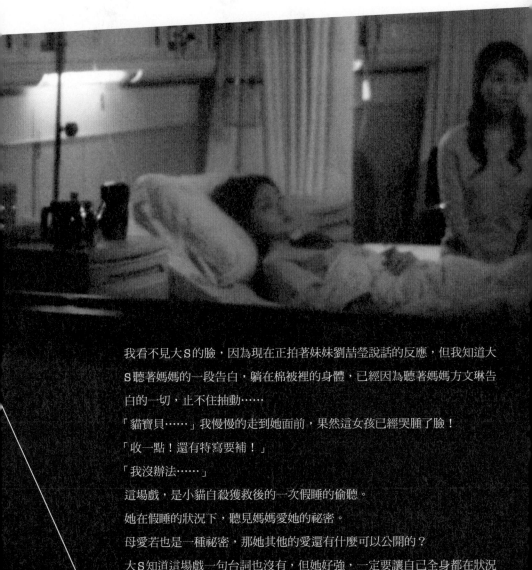

我看不見大S的臉，因為現在正拍著妹妹劉喆瑩說話的反應，但我知道大S聽著媽媽的一段告白，躺在棉被裡的身體，已經因為聽著媽媽方文琳告白的一切，止不住抽動⋯⋯

「貓寶貝⋯⋯」我慢慢的走到她面前，果然這女孩已經哭腫了臉！

「收一點！還有特寫要補！」

「我沒辦法⋯⋯」

這場戲，是小貓自殺獲救後的一次假睡的偷聽。

她在假睡的狀況下，聽見媽媽愛她的祕密。

母愛若也是一種祕密，那她其他的愛還有什麼可以公開的？

大S知道這場戲一句台詞也沒有，但她好強，一定要讓自己全身都在狀況內，因為我之前告訴她，大銀幕要看到的是細節，每一個細節都會被看見。

這只是開拍的第三天，但已經將小貓的情感三天內在十年的時空穿梭了至少三輪，我不要這女孩的熱情用光，但她更敏感，怕我看輕她，所以到現在每場戲都想拚出一個肯定。

緊接著十點半了！彭于晏出現，整層樓有了騷動。

也馬上有了明星的笑容及回應，但我希望他能立刻進入阿良這個角色，因為這場戲，他主導了所有的情感。

也現在要演一個19歲的阿良，正在部隊服役，跟一個男孩上過床、變成了一個他也不知道自己最愛的到底是誰的男孩。

阿良身體中有不確定未來的恐懼，趕來面對自殺的女友的他，居然還帶了也的男孩李國毅一起探視。

當你的最愛帶著你無法想像的另一半前來看自殺的你，你會如何？

當我們反過來看，阿良到底在想的又是什麼？

這裡面一個表情都不能亂演，彭于晏要靠這一場抓住阿良可被觀眾理解的恐懼與不確定，但現在整組的人體力已經透支，大S也哭腫了眼睛。

彭于晏當然不知我的擔憂，演員也無須理解，但當他一坐定位置開始讓我們打光的時候，這是我第一次看到彭于晏有一個這麼沒有安全感的眼神。

也正偷偷的看著每一個人，他看每一個人的動作，聽每一個人的說話，他嘗試融入目前的狀況，他也在觀察自己該有什麼表現。

那種眼睛的靈動感及透露出的情緒，好像一個小孩，在角落看到好不容易回家的的爸爸的表情，在觀察怎麼樣讓好不容易見到的爸爸喜歡他，又不會讓辛苦的媽媽吃醋……

彭于晏是成長在一個單親家庭。我想起了他說他就是阿良的那種豪邁及憂鬱。

於是，我們開始。開始這場大S一句話都沒有，彭于晏要做最後一次告白的戲。

2008/5/7 9:27pm

「換鏡位嗎？」 / PLACE 台中

副導問我。我沒吭聲。彭于晏的這場告白，再次感動了大S，她完全的崩

潰在床上。

「我們再看一次畫面。」

彭于晏用微笑看了我一眼，我沒回應。

畫面快速的倒轉，每一個動作就算倒轉看，都看得出彭于晏是準備過才來

的，大S身體的感動及哭泣也因為快轉而看得更明顯。

我認真的重新再看一次。

「有那裡不好，導演？他真的很好。」這是大S第一次反對我。大家頓時

跟著安靜下來。

「流暢是沒有用的。」我跟大家說。現場氣氛接著更是緊張了起來。

我看了彭于晏，我說聲對不起，我說我想再來一次。

2008/5/7 11:42pm

「我給了你這場戲，全部都是特寫，我剛剛看到了你所有的情感與愧疚，但我看不到一個十九歲男孩的恐懼。」

「流暢是最基本的，層次是考驗一個演員特寫最重要的地方。你重新想一下，當一個19歲的男孩，什麼都以為「這就是永遠」的男孩，要說一句道歉的時候，他有多害怕，更何況，他一心一意，保住女友處女之身的堅持，現在被一個大他十幾歲的男人上了，然後他自己還居然想像不到自己跟另外一個男孩發生性關係？他今天有膽來見小貓，他的勇氣是淚不敢流又滾在眼睛裡，話是說不清的……」

現場連燈光師都停止工作，大家真的願意陪演員一起耐心聽。

「我覺得你一定可以！」

說完，我把整個頭埋進監視器中，我請攝影師官哥再放一次剛剛彭于晏已經讓大S痛哭的畫面。

我相信他能辦到！因為我看見他在開拍前那種不確定的眼神，我就相信這演員有更多敏感層次。

我在賭。

因為如果彭于晏出不來那種感覺，勢必也會讓全劇組喪氣，一個導演在劇組如此疲憊的狀況下，還出這種招數，只有一翻兩瞪眼的結局。

我把信任全給了彭于晏，我相信他一定可以。

開機之後，彭于晏真的回到了 19 歲的阿良，他第一句話：「我們……」就哽咽了！但這男孩真的沒哭，還要裝成自己是全世界最能保護小貓的男孩……

大 S 這次完全崩潰，攝影師官哥也都淚流滿面，每個人都在忍住自己正在哭的顫抖。

我說彭于晏可以的。

若我們願將信任給了彼此，我們就能一起度過任何難關。

後來，當我們對跳大 S 特寫反應的時候，彭于晏就趁這刻，真的放聲哭了！他真的盡情的釋放了他的感情，還有阿良被小貓的救贖。

2008/5/7 11:43pm

「一個情人跟一個好人，
你選哪一個愛？」 PLACE 台中

2008/5/8 10:37pm

　　她想問清楚，我想拍的小貓，到底最愛是誰。

　　「她是永遠愛著阿良的，對嗎？不然不會連他愛了男生還跟他在一起！那小古又算什麼？真的是寂寞的愛嗎？」

　　我回答不了她，我再問了她一次——「一個情人跟一個好人，你選那一個愛？」

　　「所以小古是情人，阿良是好人嗎？」

　　我覺得，愛最大的問題不是誰愛誰？不是愛過幾次就會有幾次經驗，是還能再愛嗎？

　　我們有什麼方法，鼓勵人們在為愛受傷到底之後，還願意再愛？

　　我不是一個喜歡叫我的演員照著我的表演，或是模仿那一種表演方法去表現一個角色的導演，我無法回答大S妳要真愛的是誰。

　　我想拍出的是一種選擇！甚至是兩種，兩種以上。我想讓表演跟作品的壽命再久些，就是它擁有想像及再創造的空間。

　　但我不能放著這女孩的眼淚及問題不管。因為我知道，大S要一個方向，這才能演明天面對張孝全老婆的戲。而這場戲的台詞更少，只有微笑、然後大笑、接著狂笑。

　　「可是小古也是好人，阿良也是情人。」我知道大S有她相對的想法了，但我仍沒給她答案。

　　小貓就是一個什麼答案都想找到的人，大S已經完全變成了小貓，明天這場戲就會揭曉。

「他到底為什麼
要帶他老婆來？」 / PLACE 台中

張孝全就是要弄清楚這一切。大S已經在一旁安靜的補妝，她知道我一定

也不會給半個標準答案。飾演張孝全的老婆是由十幾位女孩試鏡後挑選出

來，身材高挑豐滿，換上上萬元的亞曼尼全台只供貨幾套的宴會服，呼之

欲出的身體，讓大家不安。

「先見見你老婆！」

「你好！」

我喜歡現在看到張孝全的尷尬。他看著自己的老婆尷尬又陌生的表情，完

全符合我的想像。我請副導把他們三人分開休息。保持現在的陌生。

我正等著張孝全再次問我這個問題，但居然沒問。

2008/5/8 10:50pm

「所以，你有答案了嗎？」我問。

「沒有。」

張孝全又是一臉窩囊。

「我沒放棄與你溝通這個答案，只是我不覺得這場戲是因為小古

已為什麼要帶他老婆來？」

「什麼？」他那一副那你要我怎麼演的表情差點讓我笑出來。

「導演，孝全真的很想要知道小古的動機為何，不然他不知道該

孝全的經理人小燦都急了！小燦很少在片場說話，因為他自己也

劇的製片，他很清楚片場的倫理。

2008/5/8 11:08pm

2008/5/8 11:39pm

這兩人真的別對我失去信任，但張孝全的焦躁愈來愈明顯。今天我們是包下整家餐廳，並且不准出現半個客人在畫面裡，整座餐廳因為蓋在水裡，完全有我們要的浮動感。這個浮動現在在孝全身上愈來愈明顯。

「小古真的不知道自己為什麼會這麼做。」我又重複了一次。
「若他真的知道，他就完全沒愛過小貓。他就是因為愛了，所以才那麼慌亂！」
孝全認真聽，但我不知道他是否理解。

2008/5/9 1:20am

2008/5/8 11:45pm

「這場戲前一場他跟小貓在幹嘛？」

「在汽車旅館做愛。」

「對！但那場重點是……」

「小古知道小貓還是愛著初戀男友。」

孝全回答迅速，他非常能掌握劇本的細節。

「所以是報復嗎？」孝全問我。

「若你現在34歲，當小貓將來34歲時候，你幾歲？」

「46歲左右吧！」

「所以，你會不會怕當小貓也到了你這年齡，比你現在對愛的想法還成
熟？你怕不怕？」

「你怕不怕那天到了後，這個小貓就把46歲的你，狠狠拋棄？」

24歲的張孝全已經進入思考。

2008/5/9 12:51am

「若你怕，你開始束手無策，你老婆發現你外遇，她用溫柔的方式求你，要來見小貓，你束手無策，你也想看看這女孩能夠有多愛你……」

張孝全還是無聲。

「你真的愛上小貓你才會束手無策！」

說完，我就走了！離開孝全遠遠的。

我忙著溝通鏡位與打光。我看著大S，我說我要看見妳認真看這兩個人的樣子，不要害羞。

一小時後，整個水相餐廳清空，空間的層次也用燈光全打了出來。攝影機在軌道上完全照著演員的情緒移動著。

三個演員都用冷靜壓抑著自己的愛。

大S果然從看著這兩人的表情中，先透露了禮貌的微笑，然後變成自己緊張的自嘲，然後用開心的笑容宣佈自己的離去，最後失聲狂笑。

我們所有人一起看了回放，認為一次OK！

接著我們重新再來一次，補拍張孝全的特寫。

當鏡位跳回張孝全的特寫，張孝全用手指撥弄菜單，掩飾自己的情感，當鏡頭順著手指往上，我居然不小心脫口說了一句：「讚！」

張孝全居然在眼角泛了淚光，他慌張的用小動作擦掉。

他找出了小古愛的線索，他找到他跟小古的關係了！

這已經是半夜兩點半！我們明天十一點，要進駐台中最出名的沐蘭汽車旅館，拍我們這部戲第一次的情慾戲。

副導提醒我，以我目前的進度，可能會拍不完。

2008/5/5 1:39pm

誰關心你
回了飯店之後的感覺

之前，李安的「色戒」在台灣做宣傳的時候，我這個叫做李「鼎」的導演，也被邀請上了一次電台，同名嘴討論「色戒」這部電影。

他們關心這部電影的地方都很像，幫助這部電影的角度也都很像——便是那一幕幕的床戲，到底拍得好不好？含義到底為何？

若你同樣是身為一個導演，你認為李安怎麼拍？

因為李「鼎」跟李「安」，好像只差一個字，名嘴問得愈來愈露骨，迫切的想知道導演對於床戲與演員的溝通，以及尺度的信任、現場的調度，為何會誰答應誰的好奇，搞得我這個李鼎，好像已經能替代李安，說清楚講明白這些床戲的深度，甚至，給那些精采的姿勢一個道理。

可是誰都不知道，對於我來說——姿勢，是全世界最容易模仿的一種動作。

什麼姿勢，都不難。任何人都可以擺出那些姿勢。甚至更多、更誇張、更暴露都可以。

但姿勢裡的感情，才是最難的。

你不可能去看一個舞者的表演只看他的姿勢。

若那舞者身體裡的感情，身體裡對於那姿勢的爆發度並不深刻，那比一個固定的銅像都不如。

2008/5/10 5:31pm

我接著在訪問的現場直播下當場說出——最讓我想知道的，都不是那姿勢

裡的感情，而是當他們在演完這些姿勢之後，釋放這些自己都不知道的情

感之後、知道自己對了導演坦承信任的同時，導演也同時暴露的自己那未

知的答案，那種衝擊，在片廠燈一關，景一換，各自回到自己現實的旅館

房間，怎麼面對那些震撼？

以及，畢竟還是一個人的獨處。

而我自己真在拍這部「愛的發聲練習」的時候，片廠卻是笑聲不斷。

重要的感情戲一拍完，我們卻都想辦法——快速的微笑。

我想我是多心，以及多愁善感。

其實，拍片就是拍片，那些電影裡的感情，可以專業的在喊卡之後，專業

的收拾，好讓大家可以再走下去。

我為我的敏感，而感到落寞。

不過，可笑的還是我，這個晚上，我接到我的女主角大S的電話。

她第一句問我的話，是這樣的——你好不好？

我沒跟她多說一些我好不好的答案，卻完整的感受到，這女孩需要一個

人，聽她說完，她明天一定還能繼續走下去，繼續拍完的毅力。

因為讓她說完，她就能放心的再度進入腳色，用能夠純淨再來一次的心，

面對女主角小貓，一次次對愛的練習。

但電話的最後，這個叫大S的女孩，還是會問一句——導演，你好不好，

你放心，你要我做什麼都可以，我們一定可以一起拚的。

我不知道，這部電影要用我們都少的拚才能完成？我現在真的很在乎，這

裡的每一個人，你好不好？

2008/6/7 4:33am

「天啊！
整桶的星巴克！」

整個工作團隊都更興奮了！製片組買了整桶的咖啡，讓片場有著濃郁的咖啡香氣。

我非常喜歡我的製片阿材用各種在飲食上的小心意，讓大家興奮。

比方說消夜絕對會不只有蛋餅，還會有魚粥；便當會有排骨飯，也會有鍋貼的選擇。沒有一天重複，也沒有一天超支。

「今天的戲壓力大喔！大家要加油！」說完製片組宣佈外面還有新鮮水果。

今天真的壓力很大，汽車旅館最多只能讓我們拍到傍晚五點，但今天的天光不穩定，我們選擇的房間有室外游泳池，太陽光灑進屋子後一直變化，讓燈光組決定重新打燈。而演員也將面臨第一次「坦誠相見」的尷尬。

這場戲已經排練過多次，因為不論姿勢跟動作都很多，今天拍不拍得完，全看太陽光的臉色，但換別的房間，拍沒多久，又有了客人，走位也必須從頭來過。

「拍吧！我們按情節拍，不跳拍！」我做出了今天的選擇，跳拍可以把同一鏡位先拍掉，容易趕上時間進度，順情緒拍就有機器調度的問題。

「你真的不後悔？」副導做了最後一次提醒。我也再看了一次攝影師官哥。

「順導演的意思！順拍！」官哥知道我在乎戲，在乎演員的味道。副導必須盡責提醒，因為她要面對各組的協調以及我拖延的班表。

對於未知，大家把一切都給了導演的直覺。

你呢？你是感到開心光榮還是倍感沉重？

我拿著製片給我的熱騰騰星巴克，我決定今天也不再問自己多餘的問題，開始順拍。

大S把所有穿幫的問題先替大家解決後，她反而是最放得開的人。一個個畫面的確定，太陽真的逐漸消失。

張孝全整個人開始在大S身上做伏地挺身時，他們倆已經掌握到了情慾中的忌妒與失落。

我看著心血沒有白費，心裡突然覺得放鬆了起來！

2008/5/9 6:32pm

2008/5/9 3:13pm

2008/5/9 4:52pm

2008/5/9 1:37pm

2008/5/9 1:38pm

「這個消息，
一定要封鎖到殺青！」

PLACE 台中

導演組經過我確定之後，向大家做了這個提醒。

這個消息，就是——我在電影拍攝第七天，不支倒地，「愛的發聲練習」
宣佈停拍。

開鏡前一天，全劇組最後一次行前會議，我想我真的說錯了一句話，這句
話給了我這個懲罰。

「這部電影現在已經有了最好的國際製片人徐立功先生、最被期待的台灣
演員、你們這群已經有三部電影以上經驗的工作人員、真人真事改編的劇
本……其實，沒有我李鼎，換成任何導演，都可以將這部電影拍成。」

其實這是實話。

但我馬上被大家噓了回去！大家覺得我用苦肉計，覺得我還應該要把錢付
完才能走……一堆的噓聲，讓我們彼此哭笑不得。

可是說真的，李鼎，你為什麼要拍這部片呢？

為什麼這個故事吸引你呢？

我總跟大家說了實話，但大家覺得這笑話有些做作。

實話是——不是我選擇了這個題材，而是這個題材選擇了我。

2008/5/10 1:47pm

「愛的發聲練習」在 2006 年並不是我工作室唯一進行的企劃。手上還有一部歌舞片以及正在拍攝的「紙本的浪漫」。

這本由大塊文化出版的「愛的發聲練習」，是由我出版社的副總編輯韓秀玫小姐介紹的。她提醒我這是一本幾乎是自傳性的小說，這裡面所有角色都真有其人。

「你還見過這個大。」韓秀玫帶著某種有趣的笑容再提醒我一次。這反而讓我有點緊張。

這本原著幾個關鍵字——隔代教養、逃家、自組家庭、援交、未婚生子……

它完全符合所有 100 集連續劇及八卦週刊的情節，若當成電影產品，是否還有必要？

「書賣得好嗎？」
「不好，因為發行的那天，小貓退縮了！」

女主角小貓，是師大附中、輔仁大學的高材生，現在還是某知名遊戲公司的創意總監。「愛的發聲練習」出版的第一個月，她決定不出面宣傳，讓這本真人真事，變成了「純文學」。「純文學」講究筆法及故事結構，真實人生能有什麼合理的故事結構？

「愛的發聲練習」被大家接受的命運，可能真的不存出版。

這個企劃，在公視「人生劇展」的徵選得到青睞，接著又在新聞局的輔導金補助上，有獲得補助的可能。

但卻都還有一個嚴重的問題——劇本中的小貓，被懷疑是否只是一個在性愛上隨便的女孩？
但我們與評審都認為——她絕對不是。

評審們都相信企劃中所提的精神——這電影沒有半個壞人，只是愛放的位置與時間不對。

幾經波折，原著也是當事人許葦晴接受了邀約，答應親自撰寫這個劇本。
我還邀請了我的大學同學，也是入圍金馬獎最佳編劇得主黃素玉擔任顧問。
許葦晴在一週後就完成了「愛的發聲練習」，我們也將這個版本的腳本與企劃，爭取到新聞局的補助。

可我還是沒告訴你，為什麼這個題材感動我，對不對？

2008/5/24 10:25pm

2008/5/10 3:53pm

你會不會發現，有些過去你以為是不對的事情，你不能接受，甚至你曾以為這一切都是謊言的事，現在的你，卻可能改觀了？

甚至，你也會說當年你以為是個謊言的謊話了？

「愛的發聲練習」一直有一種「喚醒我」的功能，在我每次與人溝通這個劇本之後，我總會想起我過去所質疑的一切。

我從不認為自殺、逃離是一種勇敢，我也不想讓任何人用錢來判斷我的價值，但我現在要拍這樣一部劇情片，我能用什麼自以為的主觀去看待這個女孩以及她身邊這三個男孩？

當我一天天跟許葦晴溝通，我一天天發現這個女孩有一種「用盡自己的一切」，來把事情看透的決心。

我雖有，但我會把握安全，她不會。

周圍的人都知道她不會，所以就會出現兩種狀況，一個就是利用她，一個就是保護她，甚至愛上她。

這也讓我一天天在決定，我到底要用什麼樣的視角，帶所有人重新看這個故事，是我們一起走到懸崖？還是冷眼旁觀？

但怎麼拍都會好看。只是每當夜深人靜，我總因為這個劇本喚醒我一切過往的記憶，讓我常常難以入睡。

甚至，我懷疑自己為什麼要拍這部電影……

我對這部電影的愛，
快趕不上
我過去所有失去愛的恨。

我想起那些曾看不起我的人，我想起，我曾因為需要錢照顧父親「漸凍人」的病，而被人砍低價、不付款時都要低聲下氣。我想起曾被人提醒，我是一個一輩子也不會賺到比我愛人還多的錢，我一輩子都會配不上對方……

這個劇本讓我總想起這些。

我知道我若是懷著恨，我勢必會將小貓拍成一個復仇者。
我在騙自己這一切都是為了愛，但我心中全是有了恨才有活下去的動力。

我的身體裡面，有兩個極端的我，在跟我對抗。

2008/5/24 2:10am

開鏡起的三天，我嘗試了好幾個鏡位在看演員的表演。劇組開始有些焦躁，因為導演開始拍了許多開鏡前沒預備的東西，劇組盡是來自四面八方的英雄，各自帶著過去的經驗來拍片，每個人也都想給我最好的，卻被我時而用得格格不入。

我們都擔心這張張好牌被我打成壞牌，而我知道是我身體裡面有愈來愈大的爭鬥——到底是拍一個別人對你的認定，還是你自己該有的誠實？

你的誠實又會好看、成熟嗎？

開鏡第六天，連拍了兩場極為重要的情慾戲。分別是男男與男女的偷情。

演員們比我都緊張，時間的壓迫，讓他們都來真的演出。

你從耳機就聽到他們身體裡的呼吸甚至心跳。

大S的心律本就不整，好幾次你都發現她已經是控制不住自己。而我卻沒喊停，用吊遠的長鏡頭挑戰她。

然後我開始分心，那個透過麥克風回收到的心跳及呼吸，夜裡總是像回聲一樣，震盪的回憶。

第七天，就在我們要開始拍小貓的第一次獻身給阿良，我突然一到片場，就有一種頭重腳輕的暈眩。

我趕緊叫副導來我身邊，我的頭，突然重得像一顆石頭，但意識很清楚。

什麼人說話，我都聽得見，並且更大聲。我的頭出奇的重，比身體還重。

副導立刻請人搬椅子過來，我求她別大聲張揚，我想我很快就會好，但天知道我居然當場吐在她面前。

我吐了！只要頭一晃動就吐。

所有人圍了過來。

2008/5/9 11:35pm

2008/5/24 12:00pm

我看見大S來到我面前，她已經穿好了高中時的制服。一
身的年輕、一臉的單純。

「導演，你太弱了！」她想用開玩笑來讓我放鬆。

我笑了！就在一回頭想望著她的這刻，居然，又吐了！

「快！送醫院！」

「是不是爆肝了？」

「今天有沒有拜？」

「會不會是卡到陰？」

現場一陣大亂，這是我最不想見到的。

我用笑容看著大家，我說，讓我再睡一下就好了！

但現在沒有人准我睡，怕我一睡就再也起不來了！

製片立刻發動了車子。三個人把我扶了起來，包括大S。

我不希望大家替我擔心，尤其是大S。

「妳放心，我很快就回來了！沒事的！這幾天，我們每天通
電話，我都知道妳已經進入小貓的狀態了！我這幾天還刻
意不給妳特寫，就是想保留妳全身的狀態都被人看到，只
有這樣，小貓才不會永遠被人誤解。」

「導演，我知道，我都知道！你先去醫院！別擔心我！」她
一邊講一邊給我放鬆的笑容，她笑，我也笑。

她還沒笑完，我也還沒說完，車門就把我們再見了！

我不知道為什麼？那關上的車門聲，巨大的把我的眼淚從
眼眶裡面榨出來。

製片的車沒有紅色救護車的嗚依嗚伊的叫聲，但飛得好
快！

我的眼睛完全不敢閉上，我一直往車窗外的天空瞪著，我突然好害怕！

我真的好害怕，我是不是就這樣完了？

那是我第一次這麼想要拍完這部電影，但我全身一點力量都沒有，唯一的力量只有我的眼睛，我的眼睛已經用我全部最大的力量，看著天空……

我很想記住這個畫面，就是當一切都無力的時候，只剩眼睛的力量讓你跟這世界做最後溝通的時候——讓我看著你！

這一刻，沒有任何過往流過我眼前，我只想活下去，我只想拍完這部電影。

十八個小時後，我回到片場。

所有這部片來自各方的英雄，都將心凝聚得更緊。

我們拍了這部電影的第一個畫面，機器放在天空，大S的腳入鏡。當她一被張孝全奮力的擁抱，我們決定，讓大S看著你。

從此，這部電影有了一個確定的鏡位，就是放在天空，讓演員看著你，不是主觀、不是客觀，而是我記得，這個感覺，曾喚醒我一切，以及，為什麼我要拍這部電影。

2008/5/8 4:35pm

我想拍到一種凝視。

凝視一尾風動的小花與小草。

凝視一片海洋。

凝視自己的電腦螢幕。

凝視自己或別人的小孩或寵物。

凝視一場日出、日落。

凝視一面上升或下降的旗幟。

凝視出生的嬰兒、死亡的雙親。

凝視你。

凝視我的心。

2008/5/11

2008/5/8 3:24pm

2008/5/13 5:53am

你會用什麼方式
離開一座城市？ / PLACE 台中

5月12日，我們將結束所有台中場景的拍攝。

我們將今天的通告各排了一場在台中市最高的飯店HOTEL ONE裡的頂樓

餐廳及在五月十三日的凌晨四點拍攝逢甲夜市的日出。

很極端的感覺。

用四小時的時間在台中最高處看台中的夜景，用三小時與日出一剎那的時

間在最冷清的逢甲夜市看著台中的天空，然後離去。

今天是主演都會一一來到劇組拍攝的日子，但從頭拍到尾都在，演完這些

片段全部的感情，只有大S。她將一天之內轉換四個階段的年齡。

我跟大S站在HOTEL ONE看著台中城市的夜景，幾乎快數得出來那裡是

我們這幾天踏過的足跡，那20歲的小貓看著這一切的時候，衝擊及興奮

甚至恍惚都比我們大吧？若眼前還有一個像張孝全這樣的外貌，買東西不

用擔心價錢的情人，20歲女孩的天空，還能再裝得下其他的一切嗎？

我突然覺得電影中的小貓，在她一生中最可以燦爛的18到24歲，她經歷

了不只身體上極端的變化，空間上也是。

演員詮釋角色已不易，抽離也可能更難。

我面對大S的最大功課，就是協助她迅速抽離又迅速進入。

當我們在半夜2:00，順利的拍完一場場戲後，準備迎接我們在台中的最

後一次日出。

這場日出是小貓決定搬離與阿良一起住過十年的房子。

好玩的是，我們一場房子內的戲都還沒拍，但未來房子內所有的道具，等

下都要出現在搬家的貨車上。

半夜兩點，所有道具從台北備齊出現在眼前。

「這就是妳十年的一切。」

我看著大S，但很明顯，她的精神已經開始耗弱。18個小時前她還是一個從樓上摔下的孕婦，10小時前她是個20歲的大學生，現在是28歲的時尚創意總監。

「回台北之後，才『開始』要拚妳所有的內心戲。」

「嗯。」

「我們會一起分好面對每一個男友的感情，這幾天每一個男生隱藏在腳本文字後面對妳的愛，全都拍出來了，回台北我們要拍更多妳細膩的轉變，不然，小貓很可能只是一個大配角。」

我想在離開台中前給彼此一個震撼教育與收心操，我馬上看到大S異常的入戲，這又是一場完全沒有台詞的演出，大S整個人身體緊抱著她最在乎的一個旋轉花燈，身體恍惚，眼神中有著某種堅定。

相對的彭于晏則表現出對於十年一切的迷惘，我們讓他抱著他原本以為就是幸福的電風扇，披著他年輕時不可一世的風衣，劉喆瑩飾演小貓的妹妹小晴拿著一顆破舊竹子編成的心，我們決定讓李國毅來開這輛小發財，讓劇中曾最需要保護且弱勢的同性戀男孩，開車帶大家到新的世界。

逢甲夜市不是用來欣賞日出的，但我們看見這夜市日出的陽光灑在每個演員身上。

你呢？你搬離你十年住的房子，你會留下什麼在身邊？什麼東西又會讓你覺得是垃圾，不如丟去？

2008/5/11 7:59pm

「小貓真的是
一個大配角！」

PLACE 新竹

大S回到台北，整天無法入睡，我給她的收心操筆記，給得太重，她從頭到尾再把劇本翻了一次，她現在認真的覺得，女主角是個大配角。

「我本來以為小貓夠勇敢，敢離家追求她的幸福，敢為了愛自殺……可是我現在一點都不認為那些行為是她生命中最重要的，也不是最感人的，她最重要的是那些愛。那三個男生在她身上發出來的愛，一旦這些愛都被看出來了，小貓一切行為就只是個為別人而活的配角。」

我一下子回應不出大S的話。

我深知若不是小貓是這三個男人心目中的唯一女主角，這三個男的便無法把那些愛表現出來。

但我沒回應大S，是我真的想再看到這女孩的體悟與成長。

「我說錯了嗎？還是我說對了？導演？」

「小貓真的是為別人而活嗎？我想演的是她為愛而活。」

「如果她見一個愛一個，她會不會很賤？很廉價？」我問。

「她不是見一個愛一個，她是因為太需要愛，所以她對阿良永遠不會放棄，她會調整自己愛的方式，她對小古可能是一塊浮木，但她……」

「她想怎樣？」

「她從跟小古想要有一個小孩，然後發現自己跟母親的祕密……」

「她跟Sunshine呢？」

「她會懷疑自己是同情還是……」

「還是從Sunshine身上看到過去的自己？」

小貓是一個容易被人誤會的女生。

連演她的人，都會被迷惘。

這不是一個教育別人怎麼愛的電影，但它喚醒了我們彼此。

小貓跟我甚至跟大S跟你可能都一樣，有過一個很大的問題，我們都害怕自己不能是對方的主角，不相信自己可以擁有愛，但我們都事後才知道，這些感覺，也都是愛啊，因為愛本來就有好多面貌。

這部電影拍到今天，已經開始沉澱，沉澱出最髒的，也沉澱出最菁華的。

兩天後的清晨五點，
我們全組的人
在新竹海邊重新開鏡。　／ PLACE 新竹

2008/5/1

製片阿材清晨四點就開著電影中的ＳＡＡＢ來我家載我，百萬名車有的皮革香味，讓我幻想自己是20歲遇見小古的小貓。

我們背對著日出往海邊急駛，我一直回頭看著日出，今天的風出奇的大，我若是小古，現在正載一個已經６年沒見，被我開啟性生活的女孩，帶我到這樣的地方，我一定會感到迷幻興奮與冒險。

大Ｓ像是脫胎換骨一樣出現在我面前，她知道今天是來私會那個六年前讓她自殺的男人，她讓自己的妝更煙薰，能贏過任何女人的打扮，她就盡力去做。

而現在她的背後是巨大的沙丘，風讓我們所有人都站不穩，當然也讓風沙飛進我們身體任何沒包覆的部分。

張孝全準時抵達，我們特別叮嚀他的造型不能變老，因為這年頭有錢的男人，愈到四十愈會看來年輕。

不過今天拍的戲仍不輕鬆，大Ｓ要在六小時後換妝變成18歲，將與彭于晏在這個海灘定情。

美術組還要將一輛老公車從市區運來，攝影組將組裝十層高樓的搖臂攝影機，拍下整個海邊及公車駛過的景象。

劇組所有工作人員神經緊繃，忽地吶喊、忽地狂笑，因為風沙過大，所有電子設備目前緊急做防沙處理，一卷卷的保鮮膜打開使用，人一張嘴，就有吃到沙的難受。

我們所有人將攝影機扛到沙灘上，幾個壯漢每往前踏一步就要再把自己往上抬一步。軟綿的沙灘一點都不溫柔的拉著我們的步伐，只有用自己的赤腳才能抓得住重心。

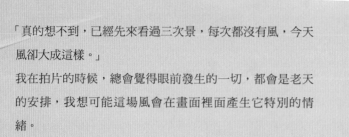

「真的想不到，已經先來看過三次景，每次都沒有風，今天
風卻大成這樣。」

我在拍片的時候，總會覺得眼前發生的一切，都會是老天
的安排，我想可能這場風會在畫面裡面產生它特別的情
緒。

導演組分別代替演員試走了幾次戲，每次都沒辦法照之前
排戲的浪漫走完，因為沙灘太軟，身體太重。

我於是決定，乾脆讓大S脫掉鞋子，讓張孝全理所當然的
跌倒。

大S脫鞋的那刻，全身散發了一種勾引，風沙綿密的吹向
鏡頭，孝全完全不用表演，就陷在沙灘中。

我高聲喊著「GOOD TAKE！」

2008/5/14 11:28am

2008/5/14 6:01pm

10550

台北市南京東路四段25號11樓

大塊文化出版股份有限公司　收

地址：

市　鄉/鎮　路　段　巷　弄　號　樓

縣　市/區　街

（請寫郵遞區號）

大塊文化 LOCUS **讀者服務卡**

謝謝您購買本書！

如果您願意收到大塊最新書訊及特惠電子報：

— 請直接上大塊網站 **locus**publishing.com 加入會員，免去郵寄的麻煩！

— 如果您不方便上網，請填寫下表，亦可不定期收到大塊書訊及特價優惠！
   請郵寄或傳真 +886-2-2545-3927。

— 如果您已是大塊會員，除了變更會員資料外，即不需回函。

— 讀者服務專線：0800-322220；email: locus@locuspublishing.com

姓名：_____　　**性別**：□男　□女

出生日期：_____年_____月_____日　　**聯絡電話**：_____

E-mail：_____

您所購買的書名：_____

從何處得知本書：1.□書店 2.□網路 3.□大塊電子報 4.□報紙 5.□雜誌
　　　　　　　　　6.□電視 7.□他人推薦 8.□廣播 9.□其他

您對本書的評價：
(請填代號 1.非常滿意 2.滿意 3.普通 4.不滿意 5.非常不滿意)
書名_____ 內容_____ 封面設計_____ 版面編排_____ 紙張質感_____

對我們的建議：_____

_____

_____

_____

2008/5/14 11:19am

2008/5/14 7:09pm

2008/5/14 7:14am

有幾個中年朋友跟我聊男人跟女人在性上面的迷思。

人生很奇妙，你愈不認同的事情，愈會找機會折磨你去面

對它。

我不太認同這句話。但現在這部電影真有這個情節，一個

愛亂搞的小古、一個愛生小孩的小貓。

我跟張孝全及大S就正面對這個概念在找出口。

「清場！」

這是第一次我們拍情慾戲在全身都穿衣服狀況下清場。

這也是本片最難堪的一場情慾。

張孝全本能的否定亂搞的男人，大S也一再地在媒體表示

她不會生小孩。

但我們正努力詮釋這兩個角色的最大衝突。

我們在沙灘內的燈塔拍攝這段情慾戲，小古幾乎把美得如

火的小貓全身佔有，但成熟的小貓已經能掌握身體的誘

惑，她已經能將小古挑逗到發狂，而且她只要用一點點力

量，就能讓這男人雙手被捆綁。

現場已經拍了七次，但每一次張孝全都非常禮貌。

我找不出原因。

我決定清場。我想跟演員聊天。

2008/5/14 12:32pm

男人就是愛亂搞，
女人就是愛生小孩。

PLACE 新竹

2008/5/14 4:43pm

8/5/14 12:28pm

2008/5/14 12:28pm

2008/5/14 3:36pm

「小古是愛她的對不對？」孝全問我。

「對！」

「那怎麼辦？」

如果你的情人跟你要一個小孩？你會怎麼辦？

你將要跟她說的是──「妳在說什麼？妳知不知道，這句
話會讓一個男人冷掉？」

換成是你？你會怎麼說？

換成是妳？妳會怎麼面對妳的難堪？

你會帶誰回去你初戀的第一現場？

帶回去現場的那天，你有多理性？你浪漫的勇氣會跑出來
多少？

小貓帶小古回了第一現場，若你是小古，你知道這是你情人初戀的第一現場，你會有什麼心情？

愛在語言上及行為上的盲目，往往都不是因為現在發生什麼，而是過去曾影響過他的一切，讓他有了下意識的反應。

所以，小貓要一個小孩，可能是一個莫名的勇氣，可能是一個對於幸福的畫面。小古害怕小孩，可能是他因為在離婚的那天，知道自己的老婆才剛剛懷孕。

現在的這場偷情，若不是因為夠激烈，就沒辦法讓小貓及小古有勇氣說出那些話。

在第八次演出後，大S跟孝全於是不顧一切的擁吻彼此，吻花了彼此的臉及身上的衣服。

這場一完，兩個人各自難過著。

時間已經是下午四點，彭于晏已經在外苦等四個小時，我們還要讓大S在最快速度內變成18歲的高中生，拍那場當年定情的畫面。

2008/5/14 11:28pm

「導演，我好了！」　　PLACE 新竹

大S三十分鐘後，在附近的便利商店辦公室，卸完全身的
妝、一頭滿是沙的卷髮，然後一臉素淨，穿著高中制服背
著書包站在我面前微笑。

她總是想讓我放心，總是想讓自己不拖累大家。

我也真希望人生能有時光倒轉機，可以像我們拍戲一樣，
立刻回到當年單純的模樣及心情。

彭于晏也換好了高中制服，劉喆瑩也變成了高中生，但太
陽已經開始下山。

「導演，大搖臂不能動太劇烈，風愈來愈大了！」

攝影機在搖臂上晃動，我們在看老天爺的臉色。

天立刻黑了起來，整場戲在全部重新打燈的狀況下完成。

這是離開台中後的第一天拍攝，卻讓大家有重拍的擔心，
這場若重拍，將會是最恐怖的噩夢。

「導演，不會的！你一定OK的！」

大S用很大的力量安慰我。我知道我拍戲想要的就是這
些，這種一起拚的暢快。

夜裡的風更大，明天又是11:30的通告。

「算算成本，若可以的話，全部用動畫來修吧！」

我跟製片這麼說的時候，已經是晚上八點半在回家的路
上，我們載著彭于晏，他還很貼心的安慰我們。

2008/5/14 6:51pm

我很認真的看了收工的彭于晏，一句你住那裡的開場白，竟讓我倆發現，他居然從小就住在我出生的巷子，跟我讀同一所國中，我每天放學都會經過他家……

「但是我們相差十二歲，所以我離開了那條巷子之後，你才出生。」

這個巧合讓我們倆興奮。我接著問他為何那麼喜歡表演？

「這幾年我突然喜歡觀察周圍跟我不一樣的人，記住他們的表情、與我不同的地方，然後放到我的身上去試驗。」

彭于晏是圈內傳說任何一個導演用過之後，都會非常喜歡的演員，我很喜歡他全身有一種不確定及可塑性很高的因子，更喜歡他有一種誠實，是在面對自己五光十色的一切，他很誠實的表示自己的實力。

「但我不是很了解自己，我常用角色去了解自己還有那些面相，我記得我剛出道的時候，公司就跟我媽媽說一個保證。」

「什麼保證？」

「保證不會學壞！」

我們倆哈哈大笑。可是什麼才是學壞呢？

我們自己都很難定義。

一個個不同角色，就會讓你去碰觸現實生活不同的邊緣，除非你都做偶像，但現在偶像也演壞人。

我們笑這行的荒謬，但也知道這行給我們的享受。

「那阿良壞不壞？」

「我只覺得，這部片讓我身體裡面好多好多『小人』跑出來。」

什麼小人？是壞人嗎？

不，是小彭于晏跟小小彭于晏加小小小彭于晏……

彭于晏說什麼事情都好像在分享一個好好吃的東西。

這部電影的阿良充滿不確定，唯一確定的是他想對每個人做一個「好人」。這跟他當年進演藝圈的「保證」很像。

「冷！」 PLACE 淺水灣

2008/5/15 4:16pm

東明相全身在發抖。

昨天新竹的豔陽及狂風，今天北海岸的淺水灣卻濕冷無比。「天啊！下雨了！」工作人員接著高喊。大S才剛走來我面前，雨也落了下來。沙灘上剛鋪好攝影機的軌道，攝影班立刻拿攝影機的雨衣。而西邊的天空正出著太陽。

「東邊下雨西邊晴，恰似有情卻無情。」我立刻跟大家說了這句話。

我知道這又是老天爺給我的考驗，我一再的看自己的樂天可以到什麼程度，沒想到眼前的大S更有意思。

「導演，我說雨等下一定會停喔！只要你相信，它就會停！」

「對！」東明相馬上天真的應和。

工作人員備齊了香，大家朝四方敬拜。

十五秒不到，老天爺聽到我們的聲音，雨真的停了！

大S又說出了她自己都不知道的經典口頭禪：「我早就說過了吧！我早就『跟你』說過了吧！導演！」

正當我想虧她「徐仙姑」的這時，老天爺讓沙灘更因雨水反射出透明的光澤，我跟攝影師官哥拍手叫好。

這就是我拍片最享受的單純小幸福。

「他助聽器等下就要拿掉了！對嗎？」副導這麼一問，周圍的人開始緊張。

一個聽障的人最怕的就是海水，但我們卻要演一場海水中表達愛意的告白戲。明相說他可以演，可以在海邊演，我們都認為若是一個聽障為了能愛一個人，他是會心甘情願，冒一切危險去做一個所有人都能做的浪漫。

「你可以下海，但我要你再上來，告白改在沙灘上，這樣少一些風險！」我突然有種預感，我覺得會有事發生。

2008/5/15 5:02pm

明相可能看我的調整而有些氣餒，而我相信自己的直覺。

製片組先下海感受海水溫度，沒想到比陸上溫暖，我們挑了一處較淺的區域，正式拍攝。

你知道嗎？我的直覺真的發生了。

東明相自海中一起身，抱起大S，下半身泛著鮮血。

現場立即送出醫藥箱，天空居然立刻飄雨。

大S面向天空的樣子，讓我好笑的懷疑她是不是會作法？

東明相喝了一口我們泡的熱可可，一個不小心全灑在我的身上。又是一陣尖叫。

東明相失去助聽器，整個身體因為聽不到聲音而更敏感，每一寸肌膚被海水打上的地方，都讓他震撼。

他眼裡充滿自責。

「沒關係，休息一下就好。」東明相一說完，雨又停了。

天氣一直在展現某種特別的情緒，大家都覺得好像要跟我們提醒些什麼。

我們接著拍兩人感情的互動，看見明相真的很努力想要做好一場表演，但我不知道，總少了些什麼？

大S的表情及回應也都正常，但我卻發現我在劇本裡從來沒看到的情感。

大S演的小貓愛不起東明相演的Sunshine。

嘴巴說了！撫觸做了！但火花勉強不出來。

難道這場戲真的是老天爺在教我導，真的是「東邊下雨西邊晴，恰似有情卻無情」嗎？

愛不愛眼前這個人，是否真的決定於，你還愛不愛前一個人？

但我在劇本裡找不到答案，我在台詞中也讀不出來，劇本中小貓最後是跟Sunshine在一起了！我們也拍完了這個部分，但現在這場戲，我完全說服不了自己，小貓跟Sunshine就因為這場戲後，從此相愛。

東明相用力深情的演著Sunshine，而這深情卻似乎變成了Rain。

當我把所有人拍成都曾愛過小貓之後，那Sunshine還要用什麼樣的愛才能進入小貓的心中呢？

我試著想再拍一次，這是我第一次拍這部片出現迷惘。

此時，西邊的太陽在海面上射出一道道的光芒，拍片的人都知道，這叫做「天梯之光」是通往天堂的，拍十部戲能有一部戲拍到這種光，就算你賺到。

2008/5/25 8:03pm

我們終於看到了
這電影中
小貓住了十年的主景。

PLACE 永和片廠

2008/5/24 4:27pm

你第一個自己的家會怎麼佈置？

18歲的小貓跟阿良，是師大附中的資優生，為愛私奔後想組一個他們認為幸福的家，即使用破銅爛鐵拼湊出來的傢俱，每一個角落都代表著幸福。

看到牆上的顏色及貼滿的塗鴉，藍白條的窗簾，大家都興奮不已。

我們的美術翁桂邦還在運更多的道具進來，現場正把我們最得意的設計——環繞整個雙人床天空的大圓鐵圈升上天花板。

但燈光組卻苦於研究怎麼樣把這個棚內的光，打得跟逢甲夜市那房子裡外的光一模一樣。

「這房間外面需要更多層次。」

現在已經不是佈景之內的問題，而是佈景之外每一顆燈打進來，必須模擬逢甲夜市外建築的折射及時而被遮閉的光源，甚至我們還把窗外的娃娃機霓虹閃光模擬回來。

這一次佈景外的大調度，整整花了三個半小時，並且接近晚上放飯。

「導演，明天是早上八點的通告，可是我們今天什麼都還沒拍。」

今天總共預估五場戲的工作量，現在距離收工只剩五小時，我們已經高估自己今天的工作能力。

換成是你，你會怎麼辦？

我覺得，不是今天拍幾場戲的問題，是士氣的問題。

一旦各組出現互相的怨懟，劇組出現小團體，這部電影就會難逃拍不完的命運。

這時候，我知道有兩個人嗅到我的敏感，一個是大S，她馬上請經理人小陳去買了成堆的飲料請大家喝，另一個人，他發出了一個好大的吼聲……。

「不要清場！」

彭于晏又在片場大聲的跟大家喊！

他身上只剩一條四角褲，全身肌肉緊繃，一旁的李國毅，剛剛照他的指示，做完十幾個伏地挺身。

「不要清場啊！我們又不會怎樣！」

馬上，所有工作人員就原地留下，甚至原本可以暫時休息的人，都圍過來了！

其實「愛的發聲練習」被大家背地裡笑著說，這是一部對幕後工作人員很輕鬆的電影，因為太多情慾及裸露的戲要拍，只要燈一架好、機器位置一定，大家就可以清場一旁休息。

可結果卻不是這樣，每一場情慾的戲，我並沒有用太多特寫鏡頭，反而是一鏡到底的長鏡頭，讓觀眾看到真實的情緒在身體裡的表現。

所以，燈光必須將整個場域打出層次，不但是空間上的，還包含演員身體上的光。現場更是架設著機器要移動的軌道，在演員未正式上場前，所有的戲及動作要請人先走一遍。這下，幾乎所有的人都有機會代替大S或是三個男主角演一次。

在走位的同時，大家還要協助清理所有會在攝影機內穿幫的東西——不小心出現的垃圾、停在遠處的摩托車、場景中具有時間感的廣告……

這樣的拍法，讓每個人都幾乎變成了大S、彭于晏、張孝全及東明相……

當機器一開始正式拍攝，即使清場，你在外頭都能感受到，現在裡面的一切呼吸與眼淚。

彭于晏很不喜歡清場。他希望大家都在，都一起演完。

2008/5/16 11:07am

2008/5/09 8:05am

這也刺激到一旁對手戲的演員，我不知道大S會不會因此尷尬或是李國毅放不開，所以我通常會瞪一下他，然後我知道聰明的他，自然會敏感的關心正要與他演對手戲的演員，他自己能清楚的知道他是否說錯話做錯事，因為他自己可以把場子圓過來。

但今天換他有點緊張了！

因為，我們真的要拍他從一開始就想確定也懷疑自己的戲——「阿良要跟阿杰發生肉體關係」。

這個緊張，比他之前在台中拍與李國毅在部隊擁吻還要明顯。

我們每一場情慾戲，都是在開拍前經過幾次排戲，排出動作及分鏡，在演員與導演三方取得信任後，我們才定本的。

而彭于晏與李國毅的排戲思考最久。

關鍵不在動作的問題，而是情感的問題。

兩場壓抑感極重的男男情慾場面，我們全用特寫的長鏡頭強調兩人細膩的壓抑。

收音組研究麥克風的位置，試圖收到現場兩人真實的呼吸。

造型組看過分鏡後，掌握的不是演員的服裝，而是身體線條上的汗水及肌膚光澤感。

之前外景的部隊擁吻，在排戲的時候，我們一直在想，李國毅飾演的阿杰到底要不要真的吻上彭于晏飾演的阿良？

我們三人相信是要的！

因為只有真實的吻了之後，阿杰的勇敢才會成立，阿良的不確定與慌亂才有表現的機會。

那這表現的機會又是什麼呢？

劇本上寫的是把阿杰一把推開，怎麼推，是狠還是不捨？

試了幾次姿勢之後，我們三人在排練室裡找不到辦法。

我怎麼看彭于晏推開李國毅都是一個「確定」。

於是，換我下來與李國毅對戲。

國毅有一個特別的眼神。

他有一種無法聚焦的迷幻感，那種迷幻感很多國際模特兒都有，用得好，是一種致命的吸引力，用不好就是一種「脫窗」的缺陷。

我坐在他身邊，可能因為太近，我又看到那個迷幻的眼神。

我請他靠過來我身上，國毅一下子用力，跌了過來，我怕他受傷，居然抱緊了他。

「這算什麼？」彭于晏立刻吃驚的問我。

我也不知道？但我真的抱緊了國毅，然後知道自己不對了，眼神一閃，推開了他。

「這算什麼？」彭于晏又焦躁的問了一次。

國毅並沒看見我的表情，但他知道我抱緊了他。

我感覺到彼此的心跳，但我不知道是不是被彭于晏那聲焦躁的「這算什麼？」問到心跳加速？

「對！就是這個。」

我說完，我們三個人在原地喘氣。

李國毅看了我們兩個一眼。

我現在確定，我要這個感覺。

彭于晏接著試了一次，他更加的焦躁，然後，起身背著我說：「好，就是這個！我知道了！」

2008/5/9 8:47pm

2008/5/9 8:46pm

2008/5/9 11:07pm

2008/5/9 10:20pm

2008/5/9 9:20pm

2008/5/9 8:20pm

2008/5/9 10:25pm

見在我們三人知道就是這個了，因為要的不是推開，而是不小心的擁抱。

真拍的那天，按照劇情，兩人需要喝酒。彭于晏硬是灌了自己一瓶。但這

憂孩子根本沒酒量，一罐就臉紅安靜。我馬上阻止他，李國毅也是。

那場戲，三個鏡位，兩人居然是一次OK。

攝影師官哥這個硬漢，關機後抽菸，看見我過來，只跟我說了一個字：

屌！」

然後他繼續抽。

旦現在這場來真的床戲，卻沒有酒，也要有更親膩的肌膚之親。

更重要的是，這場戲前後因為有連接外景，外景早在開鏡第一天拍完，整

易戲的運鏡速度與演員的節奏都需與之前拍的一模一樣。此外，機位還是

決定用一個考驗演員真實感的長鏡頭處理，大S要在正確的時間入鏡，並

且三人一句台詞都沒有，考驗著攝影跟演員之間的情感默契，劇組所有人

再度緊繃。

導演，我好了！」大S準備好自己的一切回到機位前，現場也完成了所

有的燈光及擺置，這已經過了一個小時。

這場戲，是她當時接演的最想演的其中一場，我們只溝通過一次，我們都

不想要任何煽情的反應。

我想要一臉安靜。

他們三人一碰面之後，彭于晏就安靜了！

於是我喊Action！

攝影機從李國毅的親吻滑向彭于晏的表情。

李國毅清瘦的游泳選手的身體明顯發抖，卻看得出他抱彭于晏抱得很緊。

對比彭于晏壯碩的身材，卻輕飄的在李國毅的懷中。

攝影師官哥將鏡頭爬在彭于晏臉上時，他突然的慢了下來，我知道官哥也

想看清楚這男的現在到底在想什麼？

2008/5/24 1:24pm

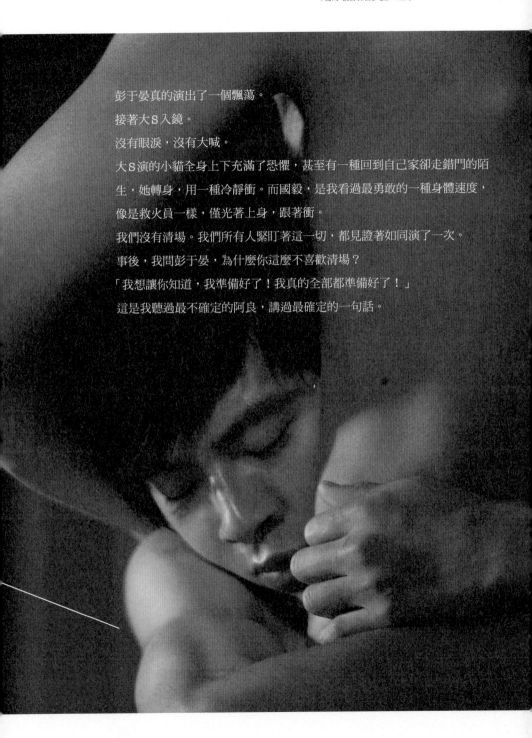

彭于晏真的演出了一個飄蕩。

接著大S入鏡。

沒有眼淚，沒有大喊。

大S演的小貓全身上下充滿了恐懼，甚至有一種回到自己家卻走錯門的陌
生，她轉身，用一種冷靜衝。而國毅，是我看過最勇敢的一種身體速度，
像是救火員一樣，僅光著上身，跟著衝。

我們沒有清場。我們所有人緊盯著這一切，都見證著如同演了一次。

事後，我問彭于晏，為什麼你這麼不喜歡清場？

「我想讓你知道，我準備好了！我真的全部都準備好了！」

這是我聽過最不確定的阿良，講過最確定的一句話。

我們一群人，
正身在這個「小古家」的
千萬豪宅的佈景中。

PLACE 淡水古

2008/5/20 2:31am

今天大S跟我們要拍完四場女孩變成女人、偷情、永別與
纏綿的戲，最大的壓力還來自於張孝全必須後天殺青，隨
即飛往紐約一個月。今天的這一切都無法補拍及重來，而
且都是電影中屬於細膩情感的重點戲。

我離開現場，走到外面，這個借來的千萬豪宅整個用黑布
包起來，頭頂正烈日，我被這突然的烈日，感覺蒸發！
張孝全出現在我面前，沒穿戲服的他，就是一個24歲的傻
笑男孩，他總是用靦覥的傻笑看我。
38歲的我，只比他演的小古大一點，要是我遇上了像小貓
這樣一個女孩，到底是天堂？還是地獄？

我會為她放棄一切嗎？

還是我會恐懼？怕這個女孩在我40歲的時候，又跟年輕的
男孩跑了？

他愛上的是我的豪宅、我的經歷，還是也是孩子氣的我？

當她有天發現這40歲的孩子氣已經老成，不再吸引她，那
種離去，我受得了嗎？

若真有一天，我也如此這般，把女孩帶回家中，我會驚訝
的發現，她是太適合這房子？還是其實這一點都不是我能
有的家？

我把這些問題都丟給了24歲的張孝全，沒等他回答，我就
回到了屋內。

後來，電影全部殺青幾個月後的某一天，張孝全跟我說：

「離開她是對的！」

我不明白為何他飛來這一句。

「小古離開小貓，是因為他愛她了！為了成全她，讓她跟一
個更適合她的男孩在一起！」

我看著孝全，我想起那天因為對於大S的不捨及自己若成
了小古而突然對他冒出的一切問號。

這個「務實的悶悶」並沒有把我的話忘掉，只是跟小古一
樣，永遠沒辦法給那個在乎的人，第一時間，一個答案。

但他們真的很用力去想。

呵呵！

2008/5/20 2:35am

天氣出奇的好！
艷陽照得大家都快蒸發了

PLACE 永和

2008/5/21 2:28am

「服裝組送洗張孝全的戲服，到現在都拿不回來。」

製片組緊張的過來告知，張孝全跟東明相眼看就不能拍這場打鬥的戲。

「導演，若先拍兩車追逐呢？」

製片組不想讓進度拖延，很快就想出兩全其美的辦法。

外面的天氣似乎給了我立刻下判斷的鼓勵，我們大隊立刻移動現場，提前

拍攝東明相騎著摩托車追逐張孝全的外景。

不知道是否陽光過分刺眼還是圍觀的人群愈來愈多，現場兩車追逐的畫面

總是不順，我發現東明相的摩托車一直跟張孝全開的SAAB互相重疊。

我請他們兩人來看回放，對於拍攝追車場面很有經驗的張孝全，很快就知

道自己速度的問題，東明相滿身大汗，很努力的在人群交頭接耳的狀況

下，吸收我的筆記。

「只能再來一次了，我看人愈來愈多，會出事的！」我這麼回頭跟收音的
小朱說。沒想到，接下來，就發生了我這輩子都很難忘記的畫面。

東明相騎的摩托車用一種飛快的速度追著張孝全SAAB的右邊，然後又
在最短的時間逼近他的左邊，眼裡全是仇恨，就在下個轉彎，東明相被
SAAB連車帶人的擦撞，我親眼看見東明相飛出車外，我的左耳聽見巨響
及人群的尖叫，我扯下自己的耳機，衝向東明相，他一身是血，另一名無
辜的女孩同時被撞出人群，上百萬的SAAB右後方凹陷，哈佛特復古摩托
車車頭全毀，張孝全全身僵直的站在車旁……

副導立刻扶起小女孩，製片立刻要扶東明相，東明相用自己的拳頭打著自
己，我抓著他不准。

小女孩奇蹟的毫髮無傷，東明相卻在不斷的打自己，不准任何人碰。

「來！我們一起來！人沒事就是最重要的。」明相這刻把信任給了我。血跟著他的起身滴在每一步他走過的地方。

一分鐘不到，製片開車將東明相送走。

所有人最快時間離開現場，怕八卦週刊聞風出現。

孝全跟我在飛駛改回片廠的車上，無神的看著前方。

我立刻發了簡訊給東明相：「明相，重點不是皮肉的傷，而是我們的心！我們一起面對！不怕！」

我接著看著仍是僵硬的孝全。

「不是你的問題！真的！」我想給孝全一個肯定。

幾年前，一模一樣的片場浴血也發生在他身上，當時他扮演救火隊員，大火真的往他身上及臉上燃燒，從此，他左半邊臉因嚴重燒傷而停拍。

「我可以知道明相的感覺……」我傾聽著孝全那次燒傷回憶的恐懼，他當時在被灼傷的同時，導演一句：「怎麼不能先拍完？」讓他當場將身上所有的服裝配備脫下離去，他在現場幾近失控……

「孝全，謝謝你！」

「怎麼啦？」

「我知道我該怎麼面對了！」

2008/5/6 8:09pm

2008/5/8 3:28pm

2008/5/21 12:01am

回到片場，大家都噤聲無語，大S一來，就直覺出一切，她緩慢的走過來說：「為什麼瞞我？我可以跟大家站在一起面對啊！」

面對什麼呢？

傷勢立刻從醫院傳回來，嚴重擦傷高達八處，傷口盡在穿背心可看見的地方，所有穿背心的戲會不連，傷口痊癒需要一個月。張孝全三天後必須殺青，他與柯明相仍有高達四場以上的戲，尤其是還有一場打鬥的戲。

「請轉達明相，靜心修養，所有事，我們面對。」

「導演，那戲怎麼辦？」

「刪！我立刻改。人最重要。」

「導演，我們去買香了！五分鐘之後可以拜拜。」

我幾乎想要跪下，但我不能。我一切的情緒都會影響整個團隊，我知道唯一可以救我的，就是冷靜、不能有責怪。

半小時後，明相的經理人瑋慈姐帶著明相來拿衣物，瑋慈姐給了我一個微笑，我深深的給車內的他倆一個90度的鞠躬，孝全緊跟在我旁邊，跟著答謝。

晚上六點三十四分，我的手機傳來一通簡訊：「我不怕Y！身上的血是不會白流的。你給我好好專心去拍完！因為我身上每處都是有價值的存在。〔麻煩你轉告大家！我說的話〕明相」

我回了他：「大聲說啦！」

張孝全倒在浴室佈景的門片前，他現在給自己太大壓力，進入不了狀況。

大Ｓ已經在門片後面哭得滿臉是淚。

這是一場難演的「回頭戲」。

你會為了誰而回頭嗎？

你會去求一個人回來你身邊嗎？求一個小你十歲的人？放棄你的婚姻？

張孝全演的小古，這場與當年真人版完全相同的台詞，完全相同的懇求，現在重現不出來。

「換鏡位。」副導幫我喊了之後，孝全知道我的決定，就是現在暫不拍他，換拍大Ｓ的反應。

「導演，你放心，我剛在裡頭還沒真哭！」大Ｓ走過來，說了這個謊好讓孝全及我心安。但我知我跟孝全都識破，卻不願戳破。

我知道這場難演最關鍵的原因是台詞。

台詞非常的甜蜜及年輕。

「裡面的人舉雙手投降？妳已經被包圍了！妳再不開門，我就衝進去囉？我連睡袋都帶來了！誠品出了好多新書，有沒有人陪我去看⋯⋯」

換成是你，一個34歲年收入破百萬，有了妻子，現在要挽回一個小你十歲的女孩的感情，你會怎麼喊這幾句甜蜜的話，你自己喊完都會發現，你竟然也不過是個孩子，而剛剛上一場戲，你才知道，你已經要做爸爸了！

我跟他們兩人說完，鏡位也調好了！

我們先拍大Ｓ門後的反應。

大Ｓ的難度在於一個20歲的女孩，聽了這34歲男人的話後，一夜長大。

機器一開始動，我們大家就發現大Ｓ不對勁，她有點抽搐。

「沒關係，我們不好，大家再來一次。」

你覺得談過幾次戀愛之後，誰還會相信那些孩子氣的話？

我不知道大Ｓ談過幾次戀愛，我不知道張孝全談過幾次，但我深知，如果這場戲我們不能喚起自己心中曾有的小甜蜜，若我們現在只以為要演出的

2008/5/17 4:29pm

「好，沒關係，
我們再來一次！」

PLACE 永和片廠

2008/5/17 7:00pm

是拒絕一夜長大，我們就會拍到天亮也拍不完。

一早東明相的血還在我跟張孝全的腦海裡，而現在是深夜十點，我要喚回我們所有人的小甜蜜。

我起身，我突然好想讓彭于晏現在出現來講一個冷笑話就好了！

結果，我真的發現他在。

「彭于晏真的在！」我大喊出來！大家四處看，哪裡有！

我看著佈景裡懸掛著彭于晏跟大Ｓ的親密合照，我說這場戲一定要讓彭于晏的照片出現在這畫面裡微笑。

大家紛紛表示認同，我接著請孝全及Ｓ又來我身邊，我請他再看了一次剛剛大Ｓ有點抽搐的畫面，孝全沒說話就離開。

一根菸的時間，這兩人重新出現在大家面前。

張孝全突然溫柔的敲了第一次的門，大Ｓ露出了20歲女生的埋怨，接著，一聲巨響，門幾乎被敲開了！

「妳再不開門，我就衝進去囉！」大Ｓ一身驚嚇，但這男人沒衝進來，她不知道該怎麼辦，身體癱了下來，孝全跟著癱，緊抓著小貓身體的影子，說了下一句最無厘頭的對話：「誠品出了好多新書，有沒有人陪我去看……」

我看見大Ｓ演的小貓真的哭了！

誰會那麼在乎要你，看一本新書的時候要有妳？看一場新電影的時候要有妳？

我被小貓這一哭，突然閃神問起自己這個問題。

當我意識的這一刻，現場也突然安靜下來。

張孝全沒聲音了？

他哭了！

他真的癱在門外，像犯人認罪的一樣哭了！

小貓發抖的把門打開，兩人像獲救了一樣抱得好緊。

「怎麼辦，我空了！」　　／　PLACE 永和片廠

大S哭完跑到女廁所，她找經理人發出求救的訊號。

一遍遍與對手演員對拍下來，大S發現自己已經哭到人傻了！

經理人小陳沒多說什麼，因為這種事情有經驗的人都知道沒辦法安慰，只能傾聽。

兩人回到現場時只剩出奇的安靜。

小陳一直幫大S按摩，但那身體已經像具死屍。

攝影燈光組開始換鏡位，拍剛剛這場戲最後兩人再從廁所衝出來的畫面。

美術組幫忙把彭于晏跟大S開心的合照陳列在鏡頭前，大家都知道也假裝不知道張孝全也空在休息區沙發的一角滿臉淚痕。

這是一個理性與感性兼具的工作，也是一個情感搭雲霄飛車的工作，驚喜與恐懼帶著你忽高忽低，快速與別人相遇，快速與這人分開。

我們今天正像搭著這部電影的雲霄飛車，在極端的情緒裡面找平衡點。

我知道兩個演員都到底限，但我更知道，這場戲的魔力正在他們身體裡面發酵，因為表演最大的快感，真的來自於我們居然能附身在那個與自己生活既陌生又熟悉的角色身上，體驗一種不同的人生。

一個演員空掉的時候，就是因為他已正在脫離他自己。

大S跟張孝全不可能再用他們的理性去面對角色，只有全部的認同，全然的相信這場分離真的是因為兩人真的知道彼此居然是相愛了！

2008/5/17 7:38pm

我自己一直戴著耳機看著剛剛 OK 的畫面回放，我聽見收音組清晰的收到
大 S 跟張孝全的心跳聲，狂烈大聲到顫抖。我再次走到收音組那邊確定是
否真為心跳，

收音的小朱用一種肯定的眼神回答了我是真的。

我們整個劇組現在都知道，接下來不是大好，就是大壞。

所有人都有默契的安靜。

「貓寶貝，妳知道嗎？」我嘗試跟大Ｓ說話，但我想只能說少，不能說多。說多又把她說理性了。

「小貓在這本劇本裡最感動我的一句台詞，就是──對不起！而且，總是在別人傷她最重的時候，她會說出這三個字。」

這三個字，就是小貓等一下第一句的台詞。

攝影機的焦點手小華，已經跟美術組陳列的「彭于晏照片」找到適當的焦距，推軌道的場務阿智也知道自己所有的速度都要跟大Ｓ走路的速度一樣。大家都知道現在的一切都跟著大Ｓ這個小貓的表情及速度走。

當張孝全拖著自己沉重的身體回到第一位置後，於是，我們正式來。

「對不起……」

大Ｓ果然一出口，她的聲音就讓身體顫抖，她一滴眼淚都因為這句對不起而不准掉，她知道自己面對的愛，會讓她繼續犯罪的。

焦點手小華此刻順著大Ｓ的焦聚滑向了彭于晏的照片，又滑回了大Ｓ。

張孝全再也受不了「對不起」的愧疚，一把抱住了彼此。

這個叫做小古的男人，將自尊都給了小貓。

小貓突然有了一個「一夜長大」的表情，小古就在這一刻，倉皇失措的走了！

我沒喊CUT。

我知道戲沒結束，軌道手跟焦點手也都知道。

就在安靜的一秒鐘後，大Ｓ這個小貓突然蹦出一片淚海，清晰的焦距順著鏡頭跟著到她的嘴角，然後，她笑得好燦爛。

我喊CUT。

我轉向攝影師官哥及焦點手小華與軌道手阿智，他們滿臉淚！

我們大笑說：「沒用的男人。」

2008/5/17 4:36pm

2008/5/18 2:32pm

「導演，我真的相信，
小古真的很愛小貓！」 —— PLACE 台北內湖

張孝全又是一晚失眠的出現在片場以及我的眼前。這幾天
他只要一想到隔天要拍任何一個與小貓糾纏的戲，他就會
失眠。

今天的戲尤其荒謬，共有三場。

他發現這個單純的小貓，現在真的因為錢而要援交。

兩人十年後再度相逢，在車上享受重逢後的餘溫。

電影中小古的最後一場戲。劇本上連一句台詞都沒有，只
有一個戲劇動作——他必須哭。

這三場一完，他再過12小時後，將是本片第一個殺青的演
員。

眼前的孝全，一臉的焦躁。

製片還跑進來說，外面有兩家狗仔，問等下拍到外景的時候
該怎麼辦？加上今天的臨演就有三十幾位，晚上七點前要放
大S離開劇組去電視台參加四川地震的賑災活動，製片組已
經有相當程度的焦躁，而我只想先傾聽張孝全的焦慮。

「他真的很愛小貓。」

「對啊！你真的相信就好了！我說過你真的會相信的。」

「那最後一場的哭……」

我知道孝全最擔心的就是哭戲。偏偏這場哭戲還是在大庭
廣眾的星巴克咖啡。

我們估計，外面狗仔的照相機更有可能會影響他的表演，
於是決定將哭戲延到最後。

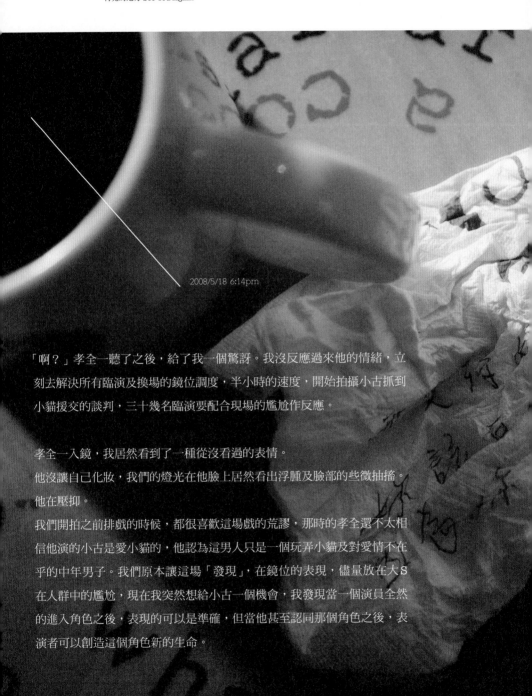

2008/5/18 6:14pm

「啊？」孝全一聽了之後，給了我一個驚訝。我沒反應過來他的情緒，立刻去解決所有臨演及換場的鏡位調度，半小時的速度，開始拍攝小古抓到小貓援交的談判，三十幾名臨演要配合現場的尷尬作反應。

孝全一入鏡，我居然看到了一種從沒看過的表情。
他沒讓自己化妝，我們的燈光在他臉上居然看出浮腫及臉部的些微抽搐。
他在壓抑。
我們開拍之前排戲的時候，都很喜歡這場戲的荒謬，那時的孝全還不太相信他演的小古是愛小貓的，他認為這男人只是一個玩弄小貓及對愛情不在乎的中年男子。我們原本讓這場「發現」，在鏡位的表現，儘量放在大Ｓ在人群中的尷尬，現在我突然想給小古一個機會，我發現當一個演員全然的進入角色之後，表現的可以是準確，但當他甚至認同那個角色之後，表演者可以創造這個角色新的生命。

我看著張孝全演的小古，身體也因為忌妒、懺悔的荒謬情緒而僵硬，我在第一個特寫拍完之後，決定給他更多發揮。

而大S也像一個強烈的接收器，收到孝全的情感，整個片場連臨演，都凝結著一種特殊的尷尬。

中午放飯，我們刻意把大S送走，好讓狗仔以為拍攝暫停。大S被送去更遠的工作室，更換更成熟的妝與造型。所有臨演跟著離去後，剩孝全跟我們拍他電影的結局——沒有台詞的哭。

我不知道你是否看過男人哭？

男人會哭，通常是為了什麼？

一個已經是38歲的創意總監，百萬年薪，底下有上百名的員工因他的創意而有收入，仰慕他的人無數，身材及樣貌保持得如三十歲出頭，他會為了什麼而哭？

是因為愛嗎？

孝全今天一早來跟我說，這一切都是為了愛，他說了我當
初邀請他來嘗試這個角色的關鍵字，但他卻提醒我，他等
一下會哭不出來。
他發出了求救的訊號，但我不知道怎麼救他。
他說他剛剛已經把感情都放在那場「荒謬的談判」中。
我說我都看到了！

於是我走遠。

我裝做沒事的觀察孝全。我擔心的卻是另一件事，不是他
哭不出來，而是一不小心，因為過度準備，哭過了頭。
這場戲有兩個鏡位，一個是在他旁邊直接拍他，另一個是
透過落地窗的折射看他的失態。
我在猶豫那個鏡位先開始，但天氣總是為我們先做決定，
我們必須先拍內景，因為天光還在頭頂，沒有層次。
開機的那一剎那，孝全真的潰堤。他壓抑一整晚的情緒及
這些日子的領悟，全都發洩了出來。

可是這真的是我要的男人嗎？

我要一個會被人懷疑軟弱的男人嗎？

「要忍住！」我失控的喊了出來。現場收音都收到了。

孝全真的忍住。整個身體像是中彈了一樣。然後他讓自己

緩慢下來，給了一個釋懷的微笑。

我想要這個微笑。

我沒喊CUT。

我讓這一切演到透。

「CUT了嗎？導演？」攝影師官哥點了我一下。我說好。

孝全的敏感知道等一下要再一次。

我說不用。可以換到外面拍攝他的另一個鏡位了。

鏡位反過來後，張孝全再哭了一次。

哭到一半，他突然傻在那裡。

可怕的是，他已經哭不出來。

2008/5/18 5:34pm

我們決定等他。

沒有人催，整個劇組也很有默契的安靜，沒人說笑，也沒
人表現得很像是一回事，有人拿起劇本仔細閱讀，有人檢
查細節。

半小時過去。

一個小時過去。

我陷入了猶豫。

這真的是我要的眼淚嗎？

我回憶著我過去的愛，我從未為誰哭過，我也從未喊過誰回
來。為誰而哭，永遠是電影裡的情節，男人是不會流淚的。

孝全不是眼淚感動我，而是那抹笑容。

我突然在這一刻浮現了我爸爸的笑容，那一抹我當年問
他，「再見」到底是什麼意思的笑容。

我想起自己真的放聲大哭，是在我爸過世一年後，我在車
上聽到電台放著劉若英演唱的「決定」。

男人總是沒有擁有當下就哭的權利，總是在釋懷或是放手
後，但已潰堤。

我們這場沒有台詞戲，讓我以為自己已經見山是山，卻沒
想到實拍的這刻，又見山不是山。

我走近孝全身邊。

我試圖想舉一個誰可能怎麼哭的方式來討論一下的時候，
張孝全不知道那裡的膽量，突然嗆了我一句：「我就是小
古，我覺得每個人的心中都會有一個小古。」

2008/5/18 5:33pm

我不知道他回答我這句話的邏輯為何？但他真的很嗆。

20天前，我這個反應一向求快的個性幾乎快受夠了張孝全
的一派安靜，以及他當時還是那個完全沒辦法認同小古，
只想演阿良的憨傻執著，現在理直氣壯的在我面前說自己
就是小古？

這句話是真的在嗆我，還是說我們已經認同了彼此？

我們倆安靜。

他看了我一眼，企圖微笑。

「剛剛真的哭得不好嗎？我真的很努力……」

剛剛沒有不好，只是我說不出口，是我想要多些選擇。

我想要的是那抹笑容，不是哭。

但我又想拍到劇本中的潰堤。

我們倆決定一起再看一次回放。

我們想找到一種信心。

我在想，人生要是也能藉由回放，找回當時的感動以及信
心，不知該有多好。

果然，我真的因為這將近一小時的冷靜，在現在看回放的
時候，發現我早就拍到了我要的一切。

「確定沒有遺憾就好！」我說。

「沒有遺憾。」他接。

我們這兩句話的節奏快又短。

「我真的希望你沒有遺憾。」

換成孝全很誠懇的看我，跟我這麼說。

我搭著他肩。拍拍他。

2008/5/18 8:03pm

又是半天拍攝後，我們「愛的發聲練習」在一個深夜宣佈，張孝全殺青。
他是我們第一個殺青的男主角。也證明了我們電影就要往誕生的方向邁
進。
但我很不捨，我知道那是第一個會來的落寞。我跟孝全有了一個不深卻彼
此祝福的擁抱，我想把一個人的離開，放淡些。

2008/5/19 6:08pm

我們的代號遊戲。 ── / PLACE 永和片廠

2008/5/19 1:41pm

2008/5/6 5:04pm

2008/5/7 4:44pm

AB型的彭于晏很快就有了代號──「華麗的荒謬」。

他總是能將任何冷場子用他的冷笑話搞翻我們。

他還是一個任何角度拍特寫都很美的特寫王。

他還荒謬在他是我師大附中國中部的學弟，跟我在同一條巷子長大。

摩羯座，不能隨便開玩笑的張孝全被稱為──「務實的悶悶」。

張孝全是臉紅王，排任何親熱戲都會臉紅，非常好騙。

壯碩魁梧的他，心地是最溫柔的。

他會真的相信我擁有一雙斷掉的雙腿，並且相信我的腿全是鋼條……

我們所有人都警告他，不能再這麼笨，並揚言這麼笨的他，殺青那天我們
會一起整他。從此，他就無時無刻不防備我們、討好我們。甚至連我說畫
面OK都以為我在整他。

後來，你知道我們怎麼在張孝全殺青那天整他嗎？

就是，到最後一刻，我們，都沒想到怎麼整。

他簡直抓狂。

而東明相，我們一直不知道怎麼給他取代號。實在是因為他太善良了！

最後，是因為張孝全即將離開劇組，大家互要MSN及電話，他說不能有
人沒有代號，就在我跟S的見證下，張孝全發揮了他無比的幽默，將用命
在演出的東明相取為──「一生懸命」。

至今，我們都不敢告訴東明相。

而我，則被大S帶頭取名為「精緻的邪惡」

那大S呢！

對我來說很簡單，三個字──「就是她！」

因為這一切就是她搞出來的！

不搞一下家家酒的東西，怎麼會有幸福的感覺。

「務實的悶悶來電！」

PLACE 永和片廠

2008/5/5 10:20pm

2008/5/19 2:30pm

2008/5/19 2:09pm

2008/5/19 1:36pm

2008/5/19 4:32pm

2008/5/19 11:59am

我的手機拚命的在化妝台上震動。

大前天張孝全痛毆東明相的一切震撼，我只想趕快先丟到腦後，現在這個說絕對會很快脫離角色的張孝全居然在劇組重開工的第一天就在東京打電話來了！

我常常好奇張孝全是能將感情放到多深的人？

「你們在幹嘛？」多傻的一句開場。

「當然在拍片啊！」多沒情趣的一個回答。

「喔！」多簡短的一個回應。

「嗯！」還真的更不知如何表示的回應。

於是我立刻就接著說：「你等一下，我讓你的小貓跟你說話。」

「不爭氣的傢伙，想我們了吧！」

我第一次看大S這麼直接的開他玩笑。

這部電影拍到今天，才第18天，但已經拍完所有張孝全的部分及結局。

整部片還有童年及中間的一切都未拍攝，人生有早知如此何必當初的遺憾，但我們拍戲的就在受這種就算從頭來過，人生還是如此這般的荒謬與無奈。

就說張孝全是個悶悶，明明就是對我們難分難捨，還偏要表現出一種不在乎的瀟灑。

放下電話，我好像告訴他我們都很想他，可我真的覺得，我們對一個24歲的男孩，真的太嚴苛了！過去這18天，他必須喪失24歲男孩的天真，他被我們當成34歲的熟男要求，全身的狂情烈愛，不確定的折磨，換成是我，也想趕快透口氣吧！

後來，劇照組給我看了他非常多天真的照片，都是他在拍戲空檔中拍的。

我看了之後，真想把他的代號改成──「務實的悶騷」。

「今天妳們賭幾點殺青？
我一定贏！」

PLACE 三峽老街

最近大Ｓ一不小心跟我透露她在劇組聚賭，據說，彭于晏總是最大輸家。
我想到底大家在賭什麼？

結果，不是在賭我說錯或說對什麼，要不就賭我每天何時殺青。

我還滿喜歡這個賭局的，因為它還真有點激勵作用，它能促使大家集中精
神，並能製造一次又一次自己對這個劇組的掌握度。

可我今天不知那來的興致，總想殺殺大Ｓ這個「仙姑」的銳氣，我最不能
接受她每次在我面前那句口頭禪：「我早就跟你說過了吧！我早就跟你說
過了吧！導演！」

每次這句口頭禪帶來的驕傲感跟語調，完全跟我每次罵狗不聽話的語調一
樣──重重拿起，輕輕放下。

「不行啦！沒有導演跟演員賭的！這樣導演會詐賭，會亂導怎麼辦？」這
下可好，劇組上上下下立刻傳遍，每個人都跟大Ｓ一國，不准我製造及加
入賭局。

但今天我真想跟自己賭賭，我能用多少時間，掌握在三峽老街拍攝大Ｓ高
中時期的一切及一場大Ｓ被養父痛打的畫面。

2008/5/27 6:36pm

2008/5/28 12:03am

2008/5/27 10:376pm

2008/5/12 10:15pm

2008/5/27 6:15pm

這場景的戲，我開鏡前分鏡了好幾次，我一直不希望拍得太瑣碎，我想用客觀的長鏡頭表現演技，但困難就在只要有一個演員、一個道具、一次焦距、一句對白……產生閃失，就要全部重來。

票房可以靠運氣賭，但演戲怎麼賭？

我又那來的膽子去開這個玩笑？

但看到大家跟大S突然上下一心的時候，我還真有點高興。

但三峽的老房子沒有空調，豔陽讓演員的妝化了又補，補了又掉。男生們一個個打起赤膊，製片組立刻調度大電風扇到現場。

「導演，你可能要輸了喔！」剛搬完一個風扇的製片開心的逗我，殊不知就算我輸，我也高興。

大S又請大家喝飲料，這次友情客串演出媽媽這個角色的方文琳還買了一堆滷味，整個片場開心的準備今天的一切。

果然，一次次悶熱的汗在演員臉上流動及狹窄老房子一動就有的木板聲，讓大家速度變慢。一直高舉收音麥客風的冠廷，已經汗流到眼睛，幾度麥克風滑下闖入鏡頭，每個人都很有默契的安慰彼此，免得心浮。現在大家只希望導演贏，而且內心都很有默契的想，絕對不能再回來這地方補拍任何遺憾的鏡頭。

「太陽下山囉！」大家高興到不行，目前所有進度追上，甚至之前拖延的戲，都已經一一補齊。

「導演，等一下是真咬嗎？」飾演大S父親的吳朋奉急著跟我確定，朋奉是這幾年在小劇場非常活躍的劇場演員。

「可以真的咬沒關係！」朋奉當著我跟大S的面認真的說，我知道他想給大家一個安心的信任。

這場繼父痛打小貓的戲，一共有四名演員，將在十坪大的客餐廳，進行直線型的走位及打架的動作。打架的動作從繼父回頭痛打小貓，小貓與妹妹閃躲追逐與繼父對吼、怒打巴掌及狂咬。

我們確定只用兩個鏡位，不用煽情及瑣碎的特寫。

朋奉這個劇場演員，演有走位的戲一點都難不倒他，但他需要理解的是走的動機，擁有充分的動機，才會走得全身有戲。

方文琳已經是金鐘獎最佳女演員，對攝影機的熟悉度已經爐火純青，劉喆瑩也有偶像劇女主角的經驗，對於演技要一次到位的要求，大家都沒問題。問題在於這場戲的情緒主導不只在一個角色身上，它先在小貓跟繼父身上，然後再由母親主導毆打時拉扯的力道與情緒，接著又靠妹妹在中間閃躲來拉所有演員的直線走位與距離。

我們試第一次戲之後，發現連燈光組拿反光板的燈光師車哥都要跟著演員一起走，才會有我想要的光線層次。

場地實在太小，我們研究走位之後，耗費一個小時後，才開始正式拍攝。

正式開始的那刻，他們對罵的聲音，連街上的野狗都互相配合，一個轉身，突然一聲巨響，燈光師車哥為了閃躲演員的走位，被道具當場砸上前額。

「車哥！車哥！」車哥沒有半點動作。

劇組立刻有人耳語今天拜過了沒？

老房子的靈魂多，今天一早劇組就派人拜過。

我走向車哥，大Ｓ跟著我，車哥用了全力，面目猙獰地站在我面前：「沒事！我沒事！我可以繼續。」

「明明都腫了還說沒事！」大Ｓ想緩和氣氛。

「車哥，謝謝你，謝謝你起身的第一句話是安定大家，你真的是我們的前輩！」

我扶著車哥，走出景外。

2008/5/28 12:28am

車哥去醫院後，
我有點失落。 / PLACE 三峽老街

2008/5/27 8:48pm

我最後能給這個劇組什麼呢？

不瞞大家，我常常在片場開一個玩笑，我總喜歡用榮譽刺激大家，我喜歡說：

「接下來我們要拍會不會入圍的戲囉？」

「天啊！又多了一個入圍畫面！」

我甚至直接就喊出來說：「入圍的有——大S！」

我喜歡面對榮譽與挑戰，但大家都知道我根本就是一個不會諂媚市場的導演，我只在乎電影的好看度及完整度，更在乎的是這個電影團隊的心。

有天，我看到我們打了一場很棒的燈，我就跟燈光指導張哥說：「入圍最佳燈光的有張戈武。」

張哥看了我一眼，回了一句：「導演，金馬獎可是沒有最佳燈光獎。」

很多榮譽是社會上不會給的。

尤其是想為一個誰好的榮譽。

愛也是。

愛也更沒有榮不榮譽之分。

在車哥送去醫院的夜空下，我想他能在這行二十幾年，自己遇到困難的第一句話，跟大家說的第一句話是：「我沒事，我們可以繼續！」

那個繼續的熱情到底是什麼？

他第一次拍電影是因為以了什麼榮譽？有了什麼感動？還是有了多高的收入？讓他繼續到現在？

我回到房裡看看大S，等下還要拍她洗澡被養父偷窺的畫面，但我發現她的臉色愈來愈蒼白。

經理人小陳私下跟我說，S體力快吃不消了！

「回去吧！今天讓她回去吧！我們繼續拍。」

這是在我昏倒後，第二次思考，我拍這部電影，到底為了什麼？

「導演！出事了！
場記剛剛打電話來，
說她家被偷了！」 ／ PLACE 台北

阿材在我上車坐穩之後，用一種蒼白的恐懼告訴我。

我看著他笑。笑他不會演戲。

他一句都沒回答我。

「她沒受傷吧？」

「沒。」

「歹徒沒闖進她的房間，只把她的包包偷走了！」

「那她人呢？」

「在警察局。她現在在報案。」

「被偷了什麼？」

「包含三峽以後全部的拍攝帶。」

「那裡面不是有所有大Ｓ洗澡的畫面？」

「全部。」

「這是幾場戲？」

「導演，目前知道的是12場戲。」

89場的「愛的發聲練習」在2008年6月2日早上，我被告知被偷了12
場已經拍攝完的戲。

換成是你？你會怎麼做？

「畫面會不會被人利用？」

又有誰知道我們拍了這些？

「導演，要再找還是趕快重拍？」

還是面對就要殺青的現實？

「導演，你有沒有仇人？」

我正在拍一部關於「愛」的電影，我正回憶我此生到現在所有的愛，現在
這一刻，卻有人提醒我，是不是我忘記了——仇與恨。

「找不回來的！
快點面對重拍！」

PLACE 台北

徐立功老闆跟我說現在這一切，你自己能掌握的就是——重拍。

你要做你能掌握的事！

你那些任何可以讓你成為導演的想像力、情感、正義……現在只會更快的殺死你，以及你的劇組。

「面對重拍吧！真的！做你現在最能掌握的事。只剩幾天就要殺青了，沒有時間了！」徐老闆再一次的跟我強調。

但我還怕一件事……

「那些畫面要是被利用怎麼辦？藝人的形象不全毀了？」

電話中我們決議，立刻請媒體幫忙，發佈被偷的新聞，讓偷竊者受限制不能使用。

另外，相信警方，讓警察立刻搜尋。

新聞於當晚開始在電視台播出，某家沒拿到新聞的記者，深夜打來罵我，說根本是我藏了拍攝帶的畫面。

我們真的面對
一次又一次的考驗。

PLACE 台北

我背著徐老闆，不放棄的展開對於拍攝帶的尋找，我在自己的部落格，張貼了事件經過，等待奇蹟。 我在部落格寫下：

6月2日星期一早上九點，我接獲通知——劇組場記家中遭竊。

遭竊的現場沒有一絲凌亂，只偷走了場記的背包以及霹靂腰包。背包裡面只有一千元現金，但有一個電影場記板、場記表、愛的發聲練習電影劇本，以及一台相機。

相機裡面全部是現場的道具、衣服、陳設、演員造型以及這個工作人員與這部電影的所有回憶照片。

更遺憾的事，裡面有三捲完整的拍攝帶。

我必須誠實的告訴大家，這三捲拍攝帶，便是我的女主角大S，在劇中被養父毆打、沐浴被偷窺與親生母親決裂、援交被男友彭于晏發現的激情場面。

以上任何一個畫面都可以重拍，損失的金錢都可以再賺。但若有任何一個裸露的畫面被人轉接，任何一個情緒、被毆打的情感必須重演，才是身為一個導演以及同監製的我，感到最痛心的地方。

我看見大S在第一時間面對媒體的正面開朗，卻也看到媒體一走之後，她全身的疲累與安靜。

我看見攝影師用一種玩笑的幽默面對我，但他抽菸的時候，比任何時候都叫我看穿。

我可以面對這一切的。

不只是重拍，而是我們這一群為了夢想也為了生活奮鬥的靈魂，不能被苟且的活著。

我仍然記得，86小時找回Ocean的感恩及當時的恐懼，我知道現在不能再用任何想像力及情緒殺死自己。

我現在呼籲大家，若各位在6月1日起，發現圖片上的所有東西，請跟我們連絡。

背包遺失的第一時間，為6月1日凌晨起至今。

6月1日凌晨有一個台北大地震，竊賊潛入的場所，為遼寧夜市37巷2樓。

背包可遭丟棄的範圍可至忠孝東路四段與民生東路四段之間。

以上時間為2008/6/4/11:22am

我可以不要
再回憶這些嗎？

PLACE 台北

我知道我必須面對我真正在這事件中成長了什麼？

我甚至笑自己，老天給我機會拍一部包容著「愛與原諒」的電影，我卻不能原諒這些發生在我們拍片時的事與人。

說得更簡單些，不是我不能原諒誰，而是我不能原諒為什麼這件事發生在我身上。

事發後的某一天，我打電話給了我今年意外重逢的一個朋友，他叫做小羊。

他是一個我以為這一輩子我再也不會見到的人，而我們居然重逢。

我把他的故事，以及我們曾有的對話，也偷渡在這部電影中，我知道我想再見他一面，是因為我們也曾在24歲的那年，面對當兵時共同的恐懼，那兩年的恐懼，影響我至深，而我也是驀然回首才驚覺。

我撥了電話給他，我跟他說我很多地方要改，我是一個好想拿回一切信任的人，我需要別人的認定，但我為什麼這麼需要？

「他們都不是因為你是誰，才願意跟你一起拍這部電影的，不是嗎？」

小羊給了我一個問號。

「他們是因為你當初的拙樣子，你什麼電影都沒拍過，就相信你的，因為你就是有你的好啊？你要改掉的是你的當初嗎？」

我確定當時這通電話救了我。

我問小羊，那什麼是我當初吸引你，認定彼此要做一輩子的朋友？

「因為你記不記得當我們要上船送到金門的前一天傍晚，你帶我去壽山裡一個地方？」

「什麼地方？」

「一個可以看見整個高雄落日的地方，你居然在那時問了我一句吐血的話……」

「快說，什麼話？」

「你居然問我說，小羊，你的夢想是什麼？」

「真的假的？」

「真的假不了？假的真不了！」

小羊用他台客式的幽默逗我，我在電話的這頭破涕為笑。

「你說現在只能靠夢想是什麼？才能在明天活下去。因為，明天我們就送去金門當兵，明天就可能再也見不到面了！」

小羊一說完，我才發現，這一切我早就都忘了。

我在電話的這頭極端的安靜，他那頭也是。我們只聽到彼此電話周圍的人聲。

「你記得你說了什麼夢想嗎？」

小羊說，我當時就希望，自己能拍一部電影。

15年後，李鼎的夢想實現了！只是他忘了，這個夢想在當時讓他交了一個朋友，現在，這個朋友救了他。

我們決定重拍，
我們一起面對。

PLACE 台北

2008/5/30 12:27pm

面對殺青日子一天天的逼近，被偷的所有畫面，都沒有一絲的下落。

調查了附近的監視器以及張貼海報，只有更多的恐懼，這恐懼就是——沒

有消息。

我像是被當街擊倒的不甘。

因為，我就是那個連沒有晶片沒有項圈的黑狗Ocean都會找回來的李

鼎，現在，我真的已經面臨72小時找不回我們失去的拍攝帶及完整劇本

等一切。

甚至，我們開始猜忌。

這一切是否有內部的串通。

人是很脆弱的不是嗎？

我們用最正面的回應面對一切的媒體，我們微笑告訴大家，我們有信心，

一定會找到，不管大家是否支持我們，或是懷疑我們。但我們劇組所有人

在夜深人靜，自己疲累安靜面對自己的那刻，我們自己最明白——沒有。

現在什麼回音都沒有，現在什麼都找不到。

6月12日若沒殺青，我的電影將面臨的不只是超支，以及所有工作人員及演員的檔期問題。

於是，我們全體答應彼此，漏夜重拍。

我們願意漏夜重拍所有遺失的畫面。

連願意租借給我們的三峽古蹟老街的古董店老闆娘，都打電話來說：「若真的還沒找到，快回來吧！快回來重拍吧！我們準備了滿滿冰箱的可樂，等著你們回來重拍！」

我們找回來的果真是良心，是願意幫助我們的良心，以及我們自己面對自己的恐懼時，我們的良心告訴彼此，我們要一起拚完這部電影的一切感動，我們該有信心面對重拍，我們會更好。

大S在深夜發簡訊給我。

「我相信帶子會找到。」

她不知道這一句開場白，已經給我很多的壓力，而她第二句更給我壓力。

2008/6/7 9:55am

「我也不怕重拍了，願意聽導演的，願意拍更多，並且相信重拍會更好。」

彭于晏也在隔天親自告訴我，他準備好了。準備面對這一切，只要你告訴他，哪一天拍，他一定會來。

電影是這樣的，一個畫面的構築及一場戲的呈現，是一個個不同的角度及準確的情感構成的，大S跟彭于晏的這一場戲不但需要他們互相痛毆彼此，甚至，他們構築的房間的陳設，要在一秒之內，崩塌在他倆面前。

這場精密的崩塌，需要十二個工作人員齊心將道具陳設一次次的重來及破壞，並且要在鏡頭面前，準確的崩塌。

我們在前天凌晨重回永和片廠。

面對已經一天未睡的體力，以及重新搭出來的景，不知道為何，大家非常有默契的用許多的玩笑話給彼此的精神打氣。

有人出錢請喝咖啡，有人出維他命給彼此服用，有人自動的回到上次自己該站的位置。

而我，心懷感激的重新坐回我的導演椅，喊下了第一聲——Action！

我們真正面對重拍了！

我們甚至比前一次更專注，更將所有人的心凝聚。

我們看到彭于晏的第一句台詞說出口，他對著飾演19歲小貓的大S說：

妳知道嗎？

部隊裡每個人都抽菸，

只有我沒有。

壓力再大都不抽，

因為我知道，小貓不喜歡我抽菸。

彭于晏一說完這話，一旁的工作人員，淚就流下了！

我們接著看見大S重新一拳一拳的打在他的身上，一顆顆穩定的搖臂長鏡
頭，緊跟著她每一拳及每一個失序瘋狂的表情。

我們完成了第一場被偷掉的重拍，我們都戰勝了彼此心中的心魔，那個死
掉的心魔使我們不再畏懼任何可以崩壞我們對這部片的投入，以及信任。

現在就算狗仔來跟拍，我們都輕鬆面對了！

我們仍與警方聯繫追蹤，我們仍不放棄每個丟掉畫面重回我們身邊的可
能。

我們是在拍電影，但我知道，這部電影教我們更多。

今天晚上七點三十分，彭于晏已經順利殺青。

結束電影「愛的發聲練習」所有畫面拍攝，他成功的在我們心中演活了阿
良──

這個從18歲到28歲的男子。

也是本片陪大S從頭到尾，一起為這三段愛，練習到底的男人。

2008/6/7 11:52am

2008/6/22 11:36am

殺青的那晚，
我趕著去赴一個演講。

終點到起點

我想這樣也好，或許我就不會在片場失態，為了我自己的第一部電影，掉
下眼淚或是失聲大笑。

但說真的，真的沒辦法，我在演講過後的一個半小時，面臨極度的空虛。

10個小時後，我們劇組重新相遇，在林森北路的巷子內的餐館，舉行我
們的殺青酒。

大S早在5小時前飛往上海，參加一場廣告的拍攝。

張孝全人還在紐約，彭于晏跟東明相代表主要演員跟大家喝到最後。

我喝到臉都紅了，拿著車鑰匙上了車。

我該發動嗎？

我這紅通通的臉，一定會被警察抓的。但停車場一小時100的高額收
費，讓我發動了汽車。

我緩緩的駛離，用一種最慢的速度，開到了西門町。

我將車停在西門町的路邊，搖下車窗，我想這就是今天的下場——回不了
家。

我按下了一通簡訊，給居然沒來的副導。

她算是這部電影中，與我最親密的戰友。她沒來，讓我胡思亂想。

我不敢撥電話，只打了幾個字——「我感謝妳」。

三分鐘不到。她回電。

她說，她得了一種恐懼症，叫做「殺青酒恐懼症」。

因為某一次的殺青酒，她突然在酒宴中消失，沒有人找得到她。

最後，所有人在散會後放棄對她的找尋。

我這個副導，居然在餐廳打烊時，被服務生發現——醉倒在餐桌底下。

那一次之後，她不敢再赴任何一部她工作過的電影殺青酒。

我在電話這頭大笑，其實我們都捨不得彼此，我們都想用酒裡的狂笑，掩飾依依不捨的難過，用乾杯的豪邁，甩掉內心裡面奢望一切若能重來的幼稚。而醉過吐過醒過的孤單，以及撕裂的頭痛，更叫人難受。

我發現我倆承認了這種對大家的在乎，承認我現在正面臨了明天再也不用拍片的孤單與空虛，我們笑談彼此的荒謬，這反倒讓我們倆有了出口——

然後我跟她說：「這樣吧，我要去一個地方！」

你知道我去了什麼地方嗎？

我在12小時後，開車回到了台中。回到了38天前，我們在台中逢甲夜市屋台街的開鏡地點。

對！我回到了那天開鏡的地方，那地方也是大S劇中住的小巷，也是她與張孝全及彭于晏、東明相訣別的地方。

我拿起相機，拍下38天後沒有這部電影拍攝的時光，浪漫的是，老天爺又給了這刻傾盆大雨，像38天前一樣，我明知身邊沒有任何一個劇組的人，但我彷彿聽見大家的笑聲。

很快的身邊的店家發現了我，我喜歡他們的問候。

「你怎麼回來了？」

這部電影可能真的有些虛構，但這段人生，真的存在過。

我一直壓著這句話
不能說出口。

起點到終點

「我的第一部電影30天後即將開拍」，為什麼不能說出口？我不知道為什麼。

這部片有幾個關鍵字：真人真事改編、未婚生子、養父性侵、援交、網路交友、同志、自組家庭……

這些八流連續劇的劇情關鍵字，最重要的一句，居然跟我的「螺絲狗」的開場是一樣的——這一切都是為了愛。

這部片沒有半個壞人，全部都是為了一場場愛，捲入了這些關鍵字當中。

而我們真的看到了這個叫做小貓的女孩，為了愛，從1997年到2008年，在愛裡面，像麻雀變鳳凰一樣，找到最終的幸福。

我這樣跟著出版社的編輯，說著這電影的一切，但是，出版社的編輯卻說——

沒有焦點。

「我們不知道，讀者找不找得到這部電影的最終的焦點，我想，讀者真正
想知道的是⋯⋯」

出版社的編輯，已經有出我一本又一本書，要一本比一本好的壓力。

「我們能知道，你真正對這部電影，你的感動，你的？你的感動是什麼？
或是⋯⋯」

我被這句話問昏了。

難道這部電影不就是我的感動嗎？

我真的缺什麼焦點？缺什麼一句話嗎？

還是說，「這一切都是為了愛」已經快變成一個老掉牙及好舊好過時的宣
傳語嗎？前天，我乘坐高鐵去台南演講。飛快的速度與難得的獨處，讓我
緩慢的冷靜。

我點了一杯高鐵的咖啡，冰冷的車廂，馬上有了溫度與味道。

我望著窗玻璃，看見自己的臉，浮在一幕幕的景色上。

我變瘦了，但眼光更有神，嘴角沒有笑容，但是心裡很快樂。

我在想，30幾天後，我會變多少？

我會因為這部電影，給自己的人生，有什麼樣新的感動？

或甚至說，找到什麼出版社提醒我的焦點嗎？

我回想起，2005年我給自己的第一場旅行——想忘記自己從此就叫做李鼎的旅行。

我想從此以後，不要再有人認識我，我只想喝到那晚童年時跟爸爸在太魯閣喝過的金針湯，從此以後，我就要過我新的人生。

但從此以後，我不但因為李鼎這個名字而被人認出，而且，真的過了新的人生。

從此隱不了姓，埋不了名，要為自己與彼此許諾的人生，享受負責到底的責任。

還有，你是什麼？

這部片，有你的縮影嗎？有哪些是真實的你？你會不會在這部片中，誠實的拍出你對於愛的祕密……？

所以，現在我即將開始我第一部的電影夢，是否該……

這部電影的片名叫做——「愛的發聲練習」，我與我的工作夥伴，深深的為這個片名所吸引。因為它很難一次唸完，很像這部片會給人的感覺。

而愛，可以練習嗎？

練習了愈多，會愈好嗎？

表現得愈好，愛就能達到嗎？

我想起了自己的初戀，我當時恨不得就從此天長地久，但愛真的是要靠一次又一次的練習，才能把這首歌，唱到有聲、有情，並且傳到很遠很遠的地方去嗎？

我看著自己的臉，我反而沒有答案，我更怕自己從此以後，會有看不清自己的陌生。

我於是拿出我的日記，想為現在這個疑惑寫些什麼。

呵呵！一個字都寫不出來。

這個疑惑，讓我想起了2005年在千歲吊橋上的畫面。

我在千歲吊橋那段對於「永遠是什麼」的疑惑，開始了我想去任何一個到不了的地方。

電影開拍之前，我又出現了這樣類似的疑惑。

但是，這次不一樣的是──少了對於未知的恐懼。

而且我像是一個帶了一群人出遊的遊覽車導遊，開著一部找尋愛的列車。

或許，「愛的發聲練習」這部電影，會像是一場旅行。我以為我會到達那個我本來想去的終點，沒想到，我卻在半途，遺失了我的行李、丟掉了我的身分、浮現了我的過去，以及認識了我一輩子都很難抹去的人與記憶。

但更或許，旅程之後，我們再也不會相見。

再見

2008/5/14 7:15pm

你會一直問自己什麼是愛嗎？

我總是問自己和對方

什麼是愛？

可能愛真的不是一個答案

而是在一次次練習後

即使失敗

也依然能支撐你

發出聲音的 力量

Do you often ask yours

elf what love is?

I'm always asking myself and others

what love is.

Perhaps love is not an answer.

But after practicing over and over

even if you fail

it can give you the strength

to put it to words.

謹以此書獻給徐 立功先生

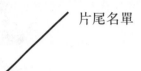

片尾名單

出品人
徐 立功

導演
李 鼎

演員表
小貓　　　徐 熙媛

阿良(周晏良)　彭 于晏

小古　　　張 孝全

Sunshine　東 明相

阿杰　李 國毅

小晴　劉 喆瑩

貓媽　方 文琳

貓繼父 吳 朋奉

Sunshine母 蕭 瑤

Sunshine父 陳 博文

小小貓　許 雅涵

小古妻　劉 姿君

原著／編劇
許 葦晴

編劇顧問
黃 素玉

音樂指導
范 曉萱

副導演
周 晴雯

助理導演
呂 耿賢

場記
黃 蘭屏

第二場記
李 芳瑩

攝影指導
官 德仁

攝影大助
林 國華

攝影二助
李 豫

攝影二助
侯 伊倫

燈光指導
張 戈武

燈光助理
車 連航

燈光助理
孫 中原

電工
光 頭

製片
陳 亮材

執行製片
周 國華

行政製片
張 雅婷

場地經理
張 一德

美術指導
翁 桂邦

執行美術
嚴 國良

道具
林 大華

繪圖
Chili

小貓整體造型／梳妝
徐 熙媛

阿良髮型設計
EROS ／小 隆

阿杰髮型設計
斐 瑟／ A-Kin

造型指導
Keiko

梳妝
莫 菱

服裝助理
陳 君儀

現場錄音師
朱 仕宜

錄音助理
許 正一

錄音助理
陳 冠廷

錄音助理
王 祥馨

場務領班
王 信智

場務
陳 偉琳

劇照指導
郭 政彰

劇照助理
許 翔禎

劇照助理
李 孟庭

幕後側拍
牛 奶

統籌
陳 靜葦

楊 惠怡

楊 維凱

後期製片
黃 嘉恩

會計
朱 裕如

英文翻譯
Andrew Ryan

英文片名
何 世強

藝人經理與協調
徐熙媛　經理人
陳 怡羚

張孝全　經理人
吳 璨琦

東明相／彭于晏／李國毅　經理人
林 慶裕／許 嘉玲

方文琳　經理人
小 貞

劉喆瑩　經理人
Sabrina

錄音指導
杜 篤之

對白剪接
郭 禮杞／李 伊琪／吳 書瑤／劉 小草

音效剪接
郭 禮杞／李 伊琪／吳 書瑤／劉 小草

Foley 音效
郭 禮杞／李 伊琪／吳 書瑤／劉 小草

ADR錄音
李 伊琪

製作聯絡
李 伊琪

混音
杜 篤之／郭 禮杞

杜比混音錄音室
聲色盒子有限公司

杜比光學
聲色盒子有限公司

音樂製作
吃草的魚

製作人
范 曉萱

錄音師
姜 智傑

混音師
范 曉萱／姜 智傑

剪接指導
顧 曉芸

Avid 剪輯助理
李 彰賢／陳 建平

2D效果製作
鄭 智洪

DA Vinci 2K
宋 義華

調光
曲 思義

Scan Out
曲 思勇

套底聲
江 妙容

底片看光
陳 美緞

攝影器材
大川大立有限公司

車輛及場務器材
永笙汽車租賃有限公司

發電機
六福器材影視有限公司

後期聲音製作
聲色盒子有限公司

後期沖印
台北影業有限公司

電影標準字／海報設計
十七有限公司

劉偉欽／新澄宮

法律顧問
黃 秀蘭律師／翰廷法律事務所

電影主題曲
我要去那裡

演唱／作曲
范 曉萱

作詞
徐 熙媛

OP
吃草的魚傳播有限公司

電影插曲
忘不了的你

演唱
詹 小屏

作曲
姚 敏

作詞
陳 蝶衣

OP
EMI MUSIC PUBLISHING HONG KONG

巧合

作曲
湯 尼

作詞
莊 奴

OP
可登音樂

國家圖書館出版品預行編目資料

再見的地方 / 李鼎著. -- 初版. -- 臺北市：
大塊文化, 2008.11
面； 公分. -- (catch ; 147)

ISBN 978-986-213-094-0(平裝)
855　　　　　　　97019783